極道で愛獣

The gangster is a beast

橘かおる

KAORU TACHIBANA presents

KAIOHSHA ガッシュ文庫

イラスト★櫻井しゅしゅしゅ

CONTENTS

★本作品の内容はすべてフィクションです。
実在の人物・地名・団体・事件などとは一切関係ありません。

流達哉《ながれたつや》が、育ての親である坂下組《さかしたぐみ》組長から若頭《わかがしら》就任を打診されたのは、庭の紅葉が真っ赤に染まった晩秋のある日のことだった。

「岩田《いわた》を抑えられるのは、おまえしかいない。頼む」

と病床から頭を下げられ、驚愕に息を呑んだ。達哉は呆然と、病気で一段と痩《や》せた坂下を見つめる。

「でも、自分は……っ」

名字は変えていないが、実質坂下の養子という立場にいる。けれども極道の世界は世襲《せしゅう》が常ではない。現在若頭補佐にいる岩田を飛び越えて、ただの金庫番の自分がその地位に就けば、組内が揉《も》めることは目に見えている。危うい均衡を保っている近隣の組織にも、つけいる隙を与えることになってしまうのだ。

時流を見る目のある坂下が、それをわかっていないはずがない。それなのに、どうしてそんなことを……。

「達哉さん」

傍《かたわ》らから守谷《もりや》が口を挟んだ。影のように坂下につき従い、忠誠を尽くしている男だ。押し出しもよくがっしりとした体格で、組内で重職に就いてはいないが、岩田ですら彼には一目置いている。

若頭なら、自分などより守谷の方が相応《ふさわ》しいと思う。しかし守谷は、前若頭が病死したあと、若頭補佐を受けることも拒絶していた。坂下が何かの拍子に、

「俺も岩田よりはよほどあいつを、と考えたが、固辞されてな。どうしてもと言われたら、組員をやめてでも俺の家の使用人になるとぬかしやがった」

と零《こぼ》したことがある。守谷がどういう事情で坂下の元に来ることになったかは知らないが、その忠誠心は本人のみに向けられて微塵《みじん》もゆるがない。男として、ある意味理想的な生き方を貫いているとも言えた。

とはいえ、それが自分の若頭就任に繋がるとなれば、羨《うらや》ましいなどと言っている場合ではない。

「守谷さん、どうしてあなたが受けてくださらないのです。自分なんかより、よほどあなたの方が……」

話しかけてきた守谷が続きを言う前に、達哉は身体を乗り出して口早に言い立てた。意図を察しているのか、守谷が苦笑する。

「達哉さん、組長の息子であるあなたが相応しくなくて、ほかに相応しい人間はいませんよ。とにかく今は、岩田を抑えるのが急務です」

坂下組は、この地方随一の繁華街、仲町《なかまち》の半分を縄張りとする古くからの極道組織だった。非道はしない、薬には手を出さない、堅気には迷惑をかけない、という坂下の方針を、岩田は古くさい、と侮《あなど》って密かに破っているのだ。

坂下が健康であれば、問題はなかった。岩田を破門すれば済む。しかし、ガンに冒され闘病生活が続く今は、増長する岩田を抑えきれなかった。

「岩田なぞに、由緒ある坂下組を渡せるものか。おまえが若頭を受けないというなら、俺は組を畳む」

坂下の覚悟に、達哉ははっと顔を上げた。強い眼差《まなざ》しに気圧《けお》されそうになる。それをぎりぎりで堪《こら》えて受け止めた。

「おまえしかいない」

交錯する視線が、火花を散らした。病で体力は衰えても、炯々《けいけい》と光る鋭い目は、気力は衰えていないことを表していた。

「……一週間ほど、時間をください」

即答できるわけもなく、達哉はそれだけを言って坂下の前から辞去した。

組には入るな、堅気でいろ、という坂下の言葉に逆らって達哉が盃を受けたのは、極道としての矜持《きょうじ》を保つ故に苦しい組の台所を、自分が携わることで少しでも潤したかったからだ。

大学の頃から株を始めた達哉は、持ち前の勘の良さ、絶対に外さない運の良さで、かなりの金を組に上納してきた。組内では、達哉は金庫番とみなされている。

表に立つのが目的で入ったわけではないから、達哉自身は、今の裏方の立場にはなんの不満もない。が、組員たちからは、目立った功績のない達哉は一段低い地位にいると思われている。組長の養子だから、態度に侮蔑が表れることはなかったけれど。

それがいきなり若頭、では反発は必至だ。特に補佐からすんなり若頭に進むと自分も周囲も信じていた岩田は、絶対に黙ってはいないだろう。組を割るか、達哉を排除するか、なんらかの手を打ってくることは間違いない。

それを自分は跳ね返すことができるか。

坂下は、達哉が受けなければ組を畳む、とまでの覚悟を告げた。だが守り通せる自信がなければ、受けても今度は自分が潰すことになってしまう。

苦悩の中で達哉が考えたのは、自分の「運」だった。

株をやって、達哉は失敗したことがない。取引のある証券マンがあるとき、

「あなたの勘は神懸《かみが》かり的です」

と賞賛したことがある。市場を騒がした事件のときも、ドルの暴落に伴う混乱も、あらかじめ知っていたかのように回避してみせた。

実はギャンブルでも、達哉は同じ能力を発揮する。友達とトランプをやったり麻雀《マージャン》をやってても負けない。あまりに勝ちすぎて友情にヒビが入りそうになったこともあり、それ以降プライベートでは、わざと負けたりして均衡を保っていたが。

そして、いても立ってもいられない焦燥感に襲われ、その場を離れたおかげで、危うく災禍を免れたこともあるのだ。そういうふうに、自分には何かがついている、としか思えないことが、これまでの人生で何度もあった。もしかすると、これも一種の予知能力なのかもしれないと、ひとに言えば笑われるから言えないが、密かに考えたことがある。

達哉は、それに賭けてみようと思ったのだ。徒手空拳《としゅくうけん》で行った見知らぬ場所で戦いを挑み無事に帰って来れたなら、あるいは若頭に就任して何が起こっても、危機回避能力を期待できる、と。

そういう、ある意味ばかげたことでもいい、何か拠《よ》り所がないと、とても重責を背負えそうにない弱い自分がいた。

坂下の前から下がった達哉は、小さなバッグに荷物を詰めると、自分の運と、組の命運を賭けて、成田から飛び立っていった。行き先は、ヨーロッパ一の規模を誇るモナコのカジノだ。

似ている、と思ったのがその男に関心を持ったきっかけだった。しんと静まり返った中、ディーラーがボールを投げ入れ「賭けてください」の言葉で客が一斉に動き始める。少し離れた場所から、竜崎義雄《りゅうざきよしお》はルーレットのテーブルに着いている男の後ろ頭を見ていた。

形のよい後頭部を、さらさらした黒髪が覆っている。すっきり刈り上げた髪型といい、そのせいで露《あらわ》になった項《うなじ》のそそられるような細さ、薄い肩から背中へのライン。立てば身長も同じくらいではないだろうか。男の後ろ姿はある友人を思いおこさせた。

年の離れた友人、だった。やくざな稼業《かぎょう》だから近寄るなと言ったら「職業に貴賤《きせん》はない」と胸を張られ、その見当はずれの喩《たと》えに爆笑した記憶がある。決して彼のためにはならないとわかっているのに、関係を断ち切れなかった。けれど最後は、自分の事情に巻き込んでしまい、妹を誘拐監禁して脅迫までするはめになった。二度と会えない、会ってはいけない相手。

それでも、心配で。

彼を仲間として連れ去った相手と、その組織のことを少し調べた。彼らなら大丈夫かと確信したあとで、今度こそ完全に手を引いた。

今から思えば、惹《ひ》かれていたのかもしれない。東和会《とうわかい》直系若頭にまで成り上がったこの俺が……。人が聞いたらそれこそ爆笑のネタにされることだろうな。

厚めの唇が僅《わず》かにカーブを描き、ふてぶてしいまでに男臭い顔に色悪めいた艶《つや》が浮かぶ。カジノを巡回して飲み物をサービスするウェイトレスが、思わず振り返りながら通り過ぎていった。

竜崎が見ているうちにその勝負は終わり、赤に賭けていた男は二倍のチップを手にしていた。

「三日ほど前から来ている客だが、少額ながらずっと勝ち続けている」

竜崎を案内する店のオーナーが、忌々《いまいま》しそうに告げる。

「あんたと同じ日本人だ」

カジノへの入場にはパスポートの提示を義務づけられるから、名前と年齢、国籍くらいは把握できるのだ。

「名前は?」

さりげなく尋ねる。僅かに緊張していることを悟られないように。

「マネージャーの報告では、確かタツヤ、ナガレとか言っていたな。まあ額が少額だから、客寄せにはなる。少し知られてきた今日は、男の座るルーレットが盛況だ」

「ナガレ、タツヤか」

竜崎は詰めていた息を吐いた。やはり別人だった。店のオーナーは「適当に遊んでくれ」とあとをマネージャーに託して引き上げていった。

竜崎は昨日までイタリアにいた。東和会の資金洗浄《マネーロンダリング》のために、現地マフィアと結びつきの強い金融機関と提携を結んだところだ。今日はその祝宴のために、組織がモナコに抱えているカジノに骨休めで招待されて来たのだ。

ニースのコート・ダジュール空港までは飛行機で、そこからモナコまでヘリで六分。国境を越えるとはいえ、気軽に観光できる距離だった。

「後ろ姿、雰囲気が柚木《ゆずき》さんになんとなく似ておられますね」

傍らにいた槙島《まきしま》が話しかけてくる。片腕として常に側にいた彼は、柚木とも何度か顔を合わせている。

「うるさい」

その一言に竜崎の不機嫌を察して、勘のいい槙島は口を噤《つぐ》んだ。日本語でかわされたやりとりが聞こえたのだろうか。それまでゲームに集中していたナガレタツヤが振り向いた。

正面から視線が絡み合う。

「なんだ、全然似てないじゃないか」

思わず竜崎が呟いたほど、ナガレタツヤは柚木とは似ても似つかぬ容貌をしていた。歳も二十六歳だった彼よりは少し上だろう。落ち着いた雰囲気があるから、三十歳に届くかどうかあたり。

細面の鋭い顔。特に眸《ひとみ》が印象的だった。切れ長の一重に、眉《まゆ》は細くきりりと一文字を描き、高い鼻梁《びりょう》は形良く、唇は厳しく結ばれているせいか薄い。だがそこはかとなく赤みが強く、繊細さと勝ち気さを兼ね備えたどこかアンバランスな印象がある。あの唇が柔らかく解けてさらに赤みを増したところが見たいような、そんな気分を起こさせるのだ。

男はこちらを一瞥《いちべつ》しただけで、「賭けてください」というディーラーの声に勝負の世界へ戻っていった。

「可愛い、ではなく、美形、ですね。しかもかなりの」

「……うるさい」

相手を見た槙島の感想に、竜崎は同じ言葉を返したが、内心では酷《ひど》く興味をそそられていた。ずっと勝ち続けているという男への、カジノ側の反応も気になる。勝たせたまま放置はするまい、と思ったとおり、それからすぐマネージャーが男に近づいていった。高額の勝負をするテーブルに誘っているようだ。男はすんなり立ち上がり、マネージャーに従って VIP専用の個室へと移動する。

「ここがマフィアの息がかかった店だと知らないんでしょうかね、気の毒に。勝った金どころか、身ぐるみ剥《は》がされるとも知らないで」

槙島の声に、同情の響きはない。ひとりでカジノに出入りするなら、それくらい自己防衛として調べておくべきなのだ。自らの不注意で危地に陥るような相手を、槙島が気にかけることはない。見かけ通りの冷徹さでばっさり切って除ける性格なのだ。槙島に比べたら自分の方がよほど人情がある、と竜崎は思っている。

もっとも槙島にそれを言ったら、

「それこそ目くそ鼻くそでしょう」

と鼻で笑うこと必定《ひつじょう》だが。

「おまえ、スロットマシンでもやってこい」

顎《あご》でそちらのコーナーを指し示すと、槙島は呆れたように竜崎を見た。

「ここは大事な提携先のカジノだということを忘れないでくださいよ。揉《も》め事は厳禁ですからね」

竜崎のしそうなことを察して釘を刺してくる。勘の良さ、切れ味鋭い頭脳の優秀さは重宝するところではあるのだが、ときに察しがよすぎて邪魔に感じることもある。

じろりと殺気を滲《にじ》ませた竜崎に、槙島は肩を竦《すく》めながら離れていく。何を言っても無駄、と見切りをつけるのが早いのも、長年のつきあいがあるせいだろう。

ひとりになった竜崎は、男が連れ去られた個室に背を向けてゆっくりと店の中を歩いて回った。オーナーの客である竜崎には、秘密のドアさえも開かれる。カジノの護衛につき添われながら、裏口やら抜け道やらを頭に叩き込んだ。護衛は、なんのために、と面食らった顔はしていたが、黙って竜崎を案内してくれた。

抜け出す算段ができたところで、高額の賭けが行われている部屋に向かう。天井が煌《きら》びやかなステンドグラスで彩られ、クリスタルのシャンデリアが幾つも下がる豪華な部屋だった。客の優越感を擽《くすぐ》るように、椅子やソファにもふんだんに金がかけられている。

その中に、ブラックジャック、ポーカー、バカラ、そしてルーレットなど、一回のゲームに百万単位の金が動くハイローラーの集うテーブルが並んでいた。

「いた」

竜崎の目指す相手は、ルーレットのテーブルにいた。彼の側に堆《うずたか》く積まれているチップに、軽く口笛を吹く。どうやら彼は、ここでもついているようだ。ちらりとこの部屋のマネージャーに目をやると、渋い顔をして男を見ている。途中でディーラーに目配せしたのを見ると、どうやら最後はいかさまで、彼が稼いだ金を巻き上げる算段らしい。

「せこいことをしやがる」

竜崎自身、自分の手が綺麗だとはお世辞にも言えないが、それでも譲れない一線というものがある。

「一肌脱いでやるか。……後ろ姿が似ていたことを感謝しな」

嘯《うそぶ》いて、後ろから勝負のようすを見守った。

男の勝利が重なるにつれ、そのテーブルは異様な熱気に包まれた。今積まれているチップを日本円に換算したら数千万。男はそれを赤の枠に置いた。向こうのテーブルでやっていたように、手堅くアウトサイドを続けているようだ。そしてそれが当たる。

ホイールが回り始め、ボールが回転していく。ころころと弾みをつけて回り続けていたボールは、ことんと音をさせて赤に落ちた。

一瞬静まり返ったあと、どよめきが上がった。倍になったチップを、男はそのまま今度は奇数に賭ける。そしてそれにも勝った。ほかのテーブルを囲んでいた見物客がどんどん集まってくる。

「賭けてください」

ディーラーの声で、客が思い思いの場所にチップを置く。その中で男は積まれたチップの中から一枚だけ赤の場所に置く。不穏《ふおん》な空気が流れた。

「いかさまを見抜いているのか」

そうとしか思えない。訓練を積み、それを予期して見ていたものだけにしかわからないやり方で、ディーラーがボールを支配したのだ。転がったボールは黒に落ちた。ため息のようなざわめきが広がる。

次の勝負をディーラーがコールしたとき、男が「下りる」と合図した。途端に空気が凍りついた。

「換金しておいてくれ」

手近の従業員に告げて、男は手洗いに立った。黒服が何人も、ナガレの背を厳しい顔つきで見送っている。おそらく店内には警戒態勢が敷かれたことだろう。ディーラーの元に戻って金を手にしたとき、店側が牙《きば》を剥《む》く。無事にこの店から出るには、勝った以上の代価が必要となるのだ。

竜崎は歩き去るナガレという男をつくづくと見た。自分よりは低いが、それでもそこそこ背は高い。華奢《きゃしゃ》だと思った首筋から背にかけても、薄いけれどきちんと鍛えた筋肉がついているのがわかった。周囲から注がれる険悪な視線に、明らかに気づいている。それでも、すっと伸びた姿勢の良さ、隙のない身のこなし、歩く速度は変わらない。

「腹が据《す》わっているな」

面白くなってきた、と竜崎は男に声をかけるのを待つことにした。手を貸すのは、ナガレタツヤの思惑を計ったあとでいい。

部屋を出たナガレは、手洗いの方には行かず、一般客が遊んでいるスペースに向かった。少し離れて後ろを歩いていた竜崎に気がつき、ちらりと振り向いて値踏みしてきたが、関心なさそうにぶらぶら歩く彼をただの客と思ったようだ。すっと視線が逸《そ》れていく。カジノ側の人間でなければ、どうでもいいのだろう。

歩きながら素早く身繕いをしていたが、彼がしたことに気づいたのは、元の一般人のいるスペースに戻ってからだった。それまで綺麗に撫でつけていた頭髪が乱れて、前髪が額を隠している。そしていつのまにか眼鏡をかけていた。それだけで、印象が一変する。

「このままとんずらか……。しかし、あれだけの大金をよくもまあ惜しげもなく捨てていく」

ざっと一億にはなっていたはずだ。金に未練はないとはいっても、普通なら捨てて逃げられる金額ではない。

目的が金ではなかったとしたら、いったいなぜカジノなんかに来たのだろう、と竜崎はますますナガレに好奇心をそそられる。

だがそれだけのことをしても、店側の警戒を擦《す》り抜けることはできなかったようだ。入り口付近に、屈強そうな護衛がさりげなく立ち塞《ふさ》がる。そちら側から、護衛が歩いてきた。反対側からも人が出て、客の顔を改める。どうやら男が手洗いに行かなかったことを察知したらしい。ただ、今はまだ眼鏡と髪型を変えた男を特定できないでいる。それもあしてしらみつぶしに探していれば、時間の問題だろう。

男はスロットマシンを眺めるふりをして立ち止まった。入り口に護衛が増強されたのに気がついたようだ。どうしようかと思案している。そこへ、竜崎はわざと肩を並べて立った。

「手助けは必要か？」

男にだけ聞こえるように囁《ささや》いた。

「金はない」

男も唇だけで返してきた。

「なら、身体でいい」

嘯くと、男は目線だけ、竜崎に向けてきた。上から下まで素早く一瞥してから、ふいと目を逸らす。

「不自由しているようには見えないが」

素っ気ない態度に見えるが、耳朶《みみたぶ》が赤くなっているのに気がついた。色事には不慣れの

777
777

ようだ。

「不自由したことはない」

　頷いて認め、

「だが、そそられた」

　今度は竜崎が、意味ありげに男の身体を眺め回す。

「変わった趣味だな」

「自分でもそう思う」

　平然としたやりとりの間にも、ナガレは油断なく気配を窺っていた。店内は少しずつ殺気に包まれていく。ぐずぐずしていたら、竜崎が目をつけた逃げ道も塞がれてしまう。

「どうする、もう時間がない」

「わかった。頼む」

　あっさり頭を下げてきた。決断が早く、しかも柔軟な思考ができる男らしい。

　ますますいい、と竜崎の内心で男への賞賛が増した。同性に抱かれる恥辱《ちじょく》を忍んでも生き長らえたほうがまし、という潔さが竜崎の価値観と合う。先で取り返せるなら、一時の屈辱などなんでもないと竜崎自身も考えているからだ。

　澄ました顔で簡単に条件を受け入れたようでいながら、男の耳朶から首筋に広がっている赤みや、きつく噛み締めている唇が、実はそうではない内心での葛藤を物語っている。

それにひどくそそられた。男を揺さぶって取り澄ました顔を崩したい、啼《な》かせてみたい、大人げない加虐心が湧いてくる。

一見ストイックな雰囲気をまとっているからこそ、女よりも色香に満ちたそれは、劣情《れつじょう》を掻き立ててやまないのだ。

そそられたのは嘘ではなかったが、身体の要求までしてみせたのは男の覚悟を確かめたかっただけだ。それが、

「本気で抱きたくなったな」

思わずごくりと喉を鳴らし漏らした呟きに、男が視線を向けてきた。

「なんでもない。こっちだ」

軽く否定しておいて、先に立って歩く。黒服が通り過ぎる竜崎に頭を下げたが、後ろに従う男には注意を向けなかった。連れとでも判断したのだろう。表の華やかなホールから従業員用の通路に入り、裏口に抜けていく。ついてくる男は無言のままだが、全身から不信感を露にしていた。黒服が頭を下げるのを見て自分は騙《だま》されたのか、と疑っているらしい。

確かにカジノに関係する人間でないと、こうした抜け道はわからないだろうし、わかっ

てもボディガードたちが通しはしない。途中で竜崎と出会った店の従業員たちは、一様にびっくりした顔はしたものの特に咎《とが》めるでもなく道を譲っている。

男は全身を緊張させていた。竜崎が誰かに合図した時点で、突き飛ばして逃亡する心づもりらしい。

やれるものならやってみろ。体格ならこちらが勝っている。逃げる素振りを見せたらすぐさま引き留めようと、竜崎も気を引き締めた。

左右に物が積み重なって通路を狭めている箇所を抜けると、頑丈なドアの前に立った。男が後ろを気にしたように振り返る。どうやら今頃になって店が騒ぎになっているようだ。微《かす》かな喧噪《けんそう》がここまで聞こえてくる。

竜崎は無造作にドアを開け、生暖かい夜気の中に一歩踏み出した。男も続いて出てくる。カジノの夜はこれからだ。あちこちに目映《まばゆ》いイルミネーションが晄《ひか》って客を誘っていた。裏口からでも表の賑《にぎ》わいがわかる。あの人混みに紛れ込めば、もう男を捕らえることはできないだろう。ただし、ホテルに戻れば、またそこで待ちかまえているかもしれないが。

竜崎はなぜか、男はそれも察しているように感じた。もしかしたらこういう事態をあらかじめ予測して、ホテルにはたいした荷物は置いていないのかもしれない。そのまま処分されてもなんら問題のないものばかり。

そうであるなら男は、この場からあっさり姿を消しても困らないのだろう。パスポートと小銭とクレジットカードがあれば、ヨーロッパではたいがいのことには対処できる。

外に出ると同時に逃げ去るかと思った男は、しかし躊躇《ためら》ったようにまだ竜崎の側にいた。何事もなく店の外に出たので、判断に迷ったようだ。

「……いいのか、あんた」

自分が立ち去ることで、中の連中と関わりのある竜崎に面倒がかかることを気にしたらしい。

「まあ、なんとかなるだろう」

竜崎は暢気《のんき》に答えた。そもそも男が金を放棄した時点で、店側は損害を回避できているのだ。冷静になればあちらもその事実に気づいて、追及はしないはずだ。誰しも問題は起きない方がいい。

「それじゃあ、行くか」

竜崎は男の背を叩いた。

「ところで、そっちの名前は？」

「……流、達哉だ」

一瞬迷ってから、男は本名を告げてきた。カジノに関わりがあるなら、名前も把握されているとは判断したかららしい。

「俺は竜崎だ。ついでに歳も聞いておこうか」

何がついでだという表情を見せながらも、達哉はおとなしく答えた。

「三十一歳になる」

「俺は三十六歳だ」

だからなんだ、と言わんばかりに達哉が眉を上げた。

「いや、聞いたからにはこちらも言っておかなければと思っただけだ」

「別にあんたの歳なんか知りたくはない」

「まあそう言うな」

あっさりいなして、竜崎はついてこいと達哉に合図する。

タクシーで行き着いたのは、港を一望できる高台にあるホテルだった。ヨーロッパの王侯貴族が定宿《じょうやど》にするほどの豪華な設備を誇っている。分厚いカーペットが敷き詰められたロビーに足を踏み入れると、ホテルスタッフが一斉に頭を下げて出迎えた。その前を達哉を従えて悠然と通り過ぎ、専用のエレベーターに乗る。

降りたところに、コンシェルジュのデスクが備えつけられていた。この階はすべてが南向きで見晴らしも良く、ＶＩＰ専用のスイートルームになっている。たった数名の特別客のために、専任スタッフが待機しているわけだ。

「豪勢な部屋だな」

コンシェルジュが竜崎の先に立ってドアを開けてくれ、広々とした室内を見た途端の達哉の感想だった。

「ベッドも凄《すご》いぞ」

まだコンシェルジュがいるにもかかわらず、竜崎がにやつきながら言うと、達哉は視線をきつくして睨《にら》んできた。人前で性的なニュアンスを匂わせたのが気に障ったようだ。身体を取引に使っていても、意に染まぬことまで我慢しない、ある意味硬質な気性の持ち主らしい。

「日本語だから、平気だろ？」

囁いてやったら、達哉は急にくるりとコンシェルジュを振り向いてなにやらフランス語で話しかける。流暢《りゅうちょう》なフランス語だ、と感心していると、コンシェルジュと話し終えた達哉が、先程よりずっと不機嫌な顔を向けてきた。

「日本語はわからなくてもベッドはわかったそうだ。何か気に入らない点があるのかと、心配しているぞ」

「凄いな、フランス語がぺらぺらか」

感心したように言ってやると、達哉はぱっと顔を背《そむ》けた。

「大学でたまたま履習しただけだ」

と言い訳している。自己顕示に似た態度を取ったことを、恥じているようだ。

竜崎はコンシェルジュを振り向き、ゆっくりとしたフランス語ながら、相手に意味が通じる単語を並べ、不満はないことを伝えた。

コンシェルジュは丁寧に一礼して下がっていき、達哉は竜崎を睨んだ。

「あんただってしゃべれるじゃないか」

「俺がいつ、しゃべれないと言った？」

突っ込まれて、一度は不服そうに黙った達哉が、すぐにアッという表情になった。

「それを言いたかったんじゃなくて。どうしてあんたは『ふたりともベッドに不満はない』なんて言ったんだ。ふたりとも、なんて言えば、おかしな関係だと思われる。あんた、ここに滞在しているんだぞ。まずくないのか？」

竜崎は微かに瞬《まばた》きをし、次の瞬間大きく顔を綻《ほころ》ばせる。おかしな関係と思われて困るのは、自分ではなくそっちだろうという気の回し方がツボに嵌《はま》った。気に入ったのだ。男に手を貸してやろうと決めた自分の気まぐれに、拍手してやりたい気分だ。

「チップさえ弾《はず》んでおけば、ホテルは沈黙を守るものだ」

「ま、あんたがいいなら、俺はかまわないが。……ベッドは奥か？」

あっさりと言って歩き出し、隣の部屋のドアを迷いなく押し開ける。呆《あき》れたように息を吐いたのが、仰々《ぎょうぎょう》しい天蓋《てんがい》つきのベッドを見た達哉の感想だったようだ。

「濃紺のシーツか……。日本人には理解できない感覚だな」

竜崎はその感想ににやりと笑うと、上着を脱いで椅子の背に放った。鬱陶《うっとう》しそうに襟元の蝶ネクタイを取り、ドレスシャツのボタンを外しながら近づいていく。

「日本人の感覚ってのはなんだ？」

「当然、畳に布団、純白の敷布、だろう」

「ついでに、枕紙、行灯《あんどん》、乱れ箱、なんて言うんじゃないだろうな。あいにく俺は、日本でもベッドを愛用している」

「濃紺のシーツをかけて、か？」

からかうように言い返されて、竜崎はおもむろに否定する。

「いや。……俺のシーツは黒だ」

達哉は眉を寄せた。

「悪趣味だな」

その間に竜崎は手首のカフスも外してしまった。ことんと音をさせて備えつけのジュエリーボックスにオニキスのそれを落とし込むと、椅子を引き寄せて座り、靴を脱ぐ。ついでにソックスも脱ぎ捨てると、室内履きを履いて、立ったままの相手を見上げた。

「脱がないのか？」

今度はこちらがからかうように言ってやると、瞬間達哉の瞳を何かの感情が掠《かす》め去った。竜崎にも捉えきれなかったそれは、羞恥か、嫌悪か、または自分をこんなはめに陥れた運命への怒りか。いずれにしろ、今の竜崎にはどうでもいい。自分は男を助けた、今度は相手が代価を払う番だ。

「本気なんだな」

達哉は息をついた。

「当然だ。ギブ・アンド・テイクは取引の基本だぜ」

「基本、ねえ」

吐息混じりに呟きながらも、達哉も覚悟は決めているらしい。上着を脱ぎ、ネクタイを取った。カフスも素早く外して上着のポケットに落とし込む。カマーバンド、ベルト、と取り除いて、躊躇いなくシャツのボタンも外してしまう。あまり日に焼けていない肌が現れると、胸の淡い突起が鮮やかに目に飛び込んできた。

それはいい、それはいいのだが、竜崎が望んでいた展開とは違うので、思わず達哉の動作を止めていた。

あまりにさばさばと脱いでいくのは、覚悟を決めた潔さと言えないこともないが、しかし色気がなさ過ぎる。身体を取引に使うことを承知したときの、羞恥からくる艶《なま》めかしさはどこへ消えたのだ。この自分が息を呑んだほどの艶《つや》は。

「待てよ」

なんだ？ と見上げた達哉に、文句を言った。

「なあ、それではあまりにも色気がないと思わないか？ 普通に服を脱いでいるだけじゃないか」

「普通に脱いではいけないのか？ 普通でない脱ぎ方なんか、俺は知らないぞ」

至極《しごく》当然のことを言い返す達哉に、竜崎はちっと舌打ちする。

「俺はまだ男を抱いたことはないんだ。だから、こう、そそるように、だなあ、色っぽくというか、そうしてもらわないと、勃《た》つものも勃たない」

「……そそられたから、抱きたいという条件を出したんじゃないのか？」

達哉がうろんげに視線を流してきた。

「それはまあ、そうなんだが」

竜崎は言葉を濁し、目を走らせて何かないかと探した。バスルームに続くドアに目を留めると、そうだとばかり立ってそちらへ向かい、湯を出し始めた。


「こっちへ来いよ」

カジノで自分を助けてくれた正体不明の男が呼ぶ。

達哉は、そのままの格好でドアを抜けた。いったいなんなんだ、と自分に途方もない要求をしてきた竜崎と名乗った男に近づいていく。

助ける代償が「抱きたい」だったから、てっきり経験があるのかと思ったら、男は初めてだと言うし。もちろん達哉だって経験があるはずもない。些《いささ》か不安を覚えてしまう。とはいえ、一度口にした約束だ。逃げようとは思わない。

化粧室の奥が、曇りガラスで仕切られたバスルームになっている。開かれたままの仕切戸から覗くと、床に嵌め込まれた大理石の浴槽が見えた。あまりに広い空間に呆れながら中に踏み込んでぐるりと視線を巡らせていると、竜崎が壁に取りつけられたシャワーヘッドを握ったまま手招きしていた。

「まだ靴を履いているのか。脱げよ、ソックスもだぞ」

中途半端に服を乱したままの達哉にちっと舌打ちして、早く早くと急《せ》き立てる。服は着たまま、靴とソックスだけを脱いで不審顔で側に寄る達哉に、竜崎はいきなりシャワーヘッドを向けてきた。

「……っ。おい何を……」

突然かけられた湯に思わず文句を言ったら、口の中にまで入ってきた。目も開けていられない。焦って顔を覆っている間に、勢いよく流れる湯は、達哉をびしょぬれにしてしまった。

叩きつけるような湯の奔流《ほんりゅう》がようやく止まり、達哉はぐいと顔を腕で拭《ぬぐ》うと、竜崎を睨みつけた。

「なんの真似だ……、え？　……っ、ぁ」

抗議の言葉の途中で息が止まりそうになった。伸びてきた竜崎の指がシャツ越しに乳首を抓《つね》ったのだ。痛みと、そして得体の知れぬ悪寒に、変な息が漏れてしまう。無意識に身体を捩《よじ》って逃れようとして、竜崎の腕に抱き込まれた。

「お、いいな、その声。身体もエロくなったし。見ろよ」

「な……」

うっかり前を向くと、濡れ鼠《ねずみ》の自分と、背後から腕を回している竜崎が鏡に映っていた。

そこそこ身体は鍛えていると自負していたが、竜崎とは比べものにならない。背中に触れるがっしりした胸板だけでも、敵《かな》わないと感じさせられる。こうしてすっぽり抱き込まれること自体が、体格の差を物語っていた。

無意識に力の違いを見せつけられて、男のプライドが軋《きし》みを上げる。

着ているシャツは、濡れて肌にまといついていた。透けて透明になったシャツは何一つ隠してはくれない。太い腕が回された胸のあたりのシャツが捩れ、弄《いじ》られて突き出してしまった赤い乳首がはっきりと見えていた。露になった喉から鎖骨へのラインも、この状況で見ると目を背けたくなるほど扇情的に映る。

カジノに行くために整えていた髪が額に乱れかかり、滴《しずく》が頬を伝い落ちている。頬から首へ、首から鎖骨へと滴《したた》り落ちる滴を竜崎が指でなぞると、背筋に震えが走った。

「や、め……っ」

「な、エロいだろ」

指が戻ってきて、また乳首を悪戯《いたずら》される。布越しに摘《つま》んだり引っ張ったり、爪を立てたりもされた。快感と認めたくないものの、何度も背筋に震えが走り、異様な感覚に腰のあたりで血流が集まり始める。抵抗する気は微塵もないのに、身体が逃れようと勝手に身動《みじろ》いでしまった。それを腕一本で軽々と押さえ込まれる。

おとなしく身を任せればいいのだが、どうしてもできない。刺激されてツンと尖《とが》った乳首を弄られると、じっとしていられないのだ。この歳になればそれなりに女性経験はあるが、彼女たちと同じように自分も乳首が感じるのだと、知りたくもなかった。

「ほら、見ろって」

促されて、目の前に鏡があるとわかっていながら、思い切って目を開けた。瞑《つむ》ってやり過ごすのでは違うと思うのだ。ここに至ったのはすべて自らの決断だ。覚悟を決めたからには目を逸らさない、とぎりっと歯を食いしばりながら顔を上げ、しかし鋭く息を吸うのまでは止められなかった。胸を弄られただけで感じている。感じている顔を、竜崎に見られている。

鏡越しに視線が合い、達哉は逸らしてなるものかと睨みつけた。その意地の張り具合がまた、竜崎を楽しませているのだろうとわかっていて。

竜崎がふっと笑い、乳首から下の方へ掌《てのひら》を滑らせた。全開のシャツを邪魔そうに押しやり、引き締まった腹と臍《へそ》を撫で回す。少し荒れた掌の感触が、肌に鳥肌を立てていく。ウエストから無理やりに入ってきた指が、ざらりと下生えを撫で股間《こかん》を掴《つか》んだ。

「くっ……」

半ば勃ちかけていたのを知られてしまう。

「意外と感度がいいじゃないか」

舌で耳朶を舐《ねぶ》りながら耳語《じご》された。目を開いたままだったから、スラックスの中で手がもぞりと動いているさまも目に入る。布越しで直接見えないぶん、卑猥《ひわい》に感じられた。後頭部が炙《あぶ》られたように熱くなった。肌に直接触れる愛撫と、視覚から脳を刺激されるので、弄られた達哉自身があっという間に膨れ上がる。これでは感度がいいと笑われても仕方がない。

男に抱かれるにしても、黙って横たわり嵐が過ぎるのを待てばいいだけだと考えていた。取引で抱かれて、しかも男相手に感じるものかと。相手のことを物好きだと本当に思っていたのだ。とんでもない間違いだった。

フェロモン垂《た》れ流しの色男という第一印象通りに、さすが経験も積んでいるようで、次々と感じるところを暴《あば》き立てていく。男を抱くのが初めてだなんて嘘だろうと詰《なじ》りたいのに、口を開けば喘《あえ》ぎ声が出てきそうで、達哉は懸命に唇を噛み締めていた。堪えきれずに漏れるからこそ吐息が色っぽくなるとは、まさか思いもせず。

「濡れてきた……、ここ」

舌はさっきからしきりに耳を舐め回している。一方に飽きると反対側。そしてまた元に戻る。ついでのように耳朶を噛んだり、頬にまで舌を伸ばして舐めたりするから、そう囁《ささや》かれたのは、てっきり濡れそぼるまで舐められた耳のことだと思ったら、ここ、と突かれたのは股間の方で。

途端に身体が跳ね上がり、熱も上がった。

「さっさと挿《い》れて、終われ」

歯を食いしばりながら、意地になって呟いたが、

「冗談だろ。こんなエロいのに堪能《たんのう》しなくてどうする」

竜崎からはとぼけたような返事が返ってくる。

すっと下肢から手が引き抜かれ、ほっとしたのもつかの間、竜崎はその手を自分の顔に近づけてくんと臭いを嗅《か》いだあとで、ぺろりと嘗《な》めた。

「ばっ……、よせっ」

達哉は慌《あわ》ててその手を掴んで引き下ろした。

「なんで」

のほほんとした口調で、放せと言わんばかりに掴まれた手首を上下させるものだから、かえって放すまいと握った指に力を入れる。

「ほ、ほかの男のもの、だぞ」

つっかえながら、汚いじゃないか、と言い捨てると、竜崎は、

「別に汚かないなぁ」

と嘯いた。いったいどんな顔でそんなことを言うのか、と無理やり首をねじ曲げて見上げたら、口調とは裏腹のぎらつく眼差しに囚《とら》われた。獲物を見据えた猛獣の目、とでも言うのだろうか。食らいつく前に、捕らえた獲物に多少の猶予を与えている強者の余裕、ともとれる。

無理やりに感じさせられて日頃の冷静さも吹っ飛び、ほとんど自失状態に追いやられていた達哉の胸に、反発心が湧き上がる。

自分は、ただ喰われる獲物じゃない。獲物に成り下がるほどなら、こんなところには来ていない。こちらからも喰ってやる。感じるなら、感じるでいいじゃないか。それ以上に相手を感じさせてやればいいのだ。

見上げていた達哉の目に鋭さが戻り、唇がゆっくりと綻《ほころ》んだ。感じて上気したままの肌、みっともなく昂《たかぶ》らされた股間。そんな淫らな肢体を晒《さら》していながら、顔に挑発的な笑みを浮かべるのを見て、竜崎もにやりと笑った。手応えのありそうな獲物を前にしてにやつく猛獣の、物騒な笑み。

達哉は握っていた竜崎の手を自分の胸に触れさせた。

「もっと、触ってくれよ。乳首が気持ちいいとは知らなかった……」

直接合わせていた視線を鏡越しのものに変え、ゆったりとその背を逞《たくま》しい胸に預ける。最後を吐息で締めくくって、鏡に映る竜崎に笑いかけた。

「そうこなくちゃな。一緒に楽しもうぜ」

竜崎は挑発に唇を歪《ゆが》めながら、交差するように回した手で、それぞれの乳首を弄り始めた。すでに愛撫の心地よさを知っている突起はさらに淫《みだ》らに色づいて、絶え間ない快感を達哉の身体の隅々に伝えていく。

「んっ、あ……ふっ」

達哉は意識して唇を開く。甘ったるい喘ぎ声が漏れていくのも止めない。感じるなら感じるままに、声が出るならそのように。切れ長の瞳はとろりと欲情して竜崎を見る。鏡に映った彼を挑発する。欲しがったのはそちらだろう。この身体で天国へ送り込んでやる、と。

胸は弄られるままに任せ、達哉は自分でスラックスの前をくつろげた。腰を卑猥に背後に擦りつけながらファスナーを下ろすと、それは濡れて重くなっていたせいもあってすとんと足首まで落ちた。白いブリーフに包まれた股間が、丸見えになる。中央部の盛り上がりも。先端にそこだけ違う液体を滲《にじ》ませて。

耳元で竜崎がクスリと笑った。

「布団に白い敷布派なら、下着も白、か」

達哉はそれには答えないまま、自分の手でさらに下着を下ろそうとした。

「待てよ。それは俺の役目だ」

胸から手を腰に滑らせ、わざとウエストのゴムをぱちんと弾く。

「濡れ濡れだな」

上から見下ろしているから、ウエスト部分を持ち上げれば達也自身がぬるりと覗《のぞ》くのが見えるはずだ。見せつけるように、昂りの先を押さえる位置にゴムをずらす。

「うっ……、ん……」

張り切っていた部分が圧迫され、快感が走り抜けた。

「裸よりエロいな」

勝手なことを言いながら竜崎は何度かそれを繰り返し、刺激を受けた達哉の昂りは堪えきれないかのように蜜を浮かべる。その敏感な先の割れ目に、竜崎が爪の先を捻《ひね》り込んできた。

「ああっ……、や……」

ぶるりと腰が震えた。夥《おびただ》しい蜜液が噴き上げる。さすがにそれだけでイくことはなかったが、腰の奥から上ってくるマグマのような快感で腰が震えた。竜崎の肩に頭を擦《こす》りつけるようにして悶《もだ》えながら、熱い息を零す。

「よさそうだな」

先端をぐりぐりと押し潰され、突き抜ける快感で立っているのも覚束《おぼつか》なくなった。ふらりと身体が揺れると、しっかりと抱き留められる。弾みで腰のあたりが密着し、相手のそれも硬くなっていることがわかった。

達哉は、そろそろと後ろに手を回す。竜崎の張り切った大腿《だいたい》の筋肉が緊張するのが、布越しに伝わってきた。布地の感触を辿《たど》りながら指を近づけていく。だが前を弄られると手が止まってしまい、なかなか思うところに辿り着けない。

竜崎は達哉の動きなどおかまいなく、ブリーフを引き下げると直《じか》に手を這わせてきた。軽く腿を叩いて足を上げさせ、完全に邪魔な布を剥ぎ取ってしまう。シャツも脱がすのかと肩を捩ったら、

「着ていろ。その方がエロいから」

と止められた。

四本の指と親指で作った輪で昂りを擦られた。強弱をつけて翻弄されると、押し寄せる快感で意識が霞《かす》む。

「あっ……、くっ」

裏筋の感じる部分は強く、敏感な先端はソフトに。しかしときおりその先端にわざと爪を突き入れてくるのが、痛くて、悦《い》い。腰が揺れ、無意識に竜崎の手の中に昂りを押しつけていた。

「イきそうだな」

揶揄《やゆ》されて、蕩《とろ》けかけた意識の中で僅かに意志が蘇《よみがえ》る。

「まだ、だ……」

軋《きし》るような声でかろうじて反論した。止まっていた手をのろのろと進め、ようやく竜崎の股間に行き着いた。手に余るほどの大きさに一瞬引きかけたが、耳元でふっと笑われたのに奮い立ってぎゅっと握り締めた。

「それじゃあ、強すぎる。痛いぜ、俺は」

告げられて、慌《あわ》てて力を緩めた。

「チャックを外して、息子を出してやってくれないか。ただし、優しく頼むぜ」

声に笑いが滲んでいる。できるかという挑戦に、達哉は奥歯を噛み締めながら、後ろ手で探っていく。硬い部分を上まで辿る間にも、その塊《かたまり》はむくむくと大きくなるのだ。どこまで成長すれば止まるのかと、男として悔しさも感じてしまう。

見えないまま手探りで、前のホックを突き止めて外した。それからチャックを下げようとしたが、すでに大きくなっている竜崎自身が邪魔になって、思うように下げられない。

「でかいだろ」

耳元で囁かれる言葉を無視し、もう一方の手も背後に回して片方でつまみを挟み、片方で昂りを奥に押し込もうとする。指が引きつりそうになった。押し込めようとするたびに硬い昂りが跳ね返してくるのが、ムカツクばかりだ。

竜崎は達哉が奮闘している間、手を止めて涼しい顔で待っている。すでにたらたらと滴を零《こぼ》しているその部分をやんわり握られた。実を言うと疼《うず》いて仕方がない。自分から腰を押しつけたいほどだ。絶対に、意地でもするつもりはないが。

達哉のやせ我慢を見透かしたように、ときおりわざとらしく竜崎の手が動く。ずきりと走り抜ける快感を、息を吐くことでやり過ごす。

とにかく出すことが先決、と自身に言い聞かせ、なんとかチャックを下げることに成功した。下着の中に手を潜《もぐ》り込ませ握り締める。十分すぎるほどの硬度と大きさを保ったそれは、竜崎の命の源だ。熱くて、猛々《たけだけ》しい。後ろ手に触るのは見えないぶんぎこちなくなるのだが、五本の指をなんとか動かしていると、微かな吐息が耳朶を掠めた。背筋が総毛立つ。

感じているのか、と思った途端、こちらの熱まで上がってきた。

「ここがひくついたぜ、今」

自分でもわかっていたから、昴りを握る手に力を入れてからかわれても、返す言葉がない。そのまま竜崎が止めていた動きを再開すると、快感が渦を巻くようにして身体を駆けめぐり、達哉の呼吸を乱していった。心臓がどくどくと早打ちし、股間がいきり立つ。

「う……っ、ふ……ぁ、あうっ」

竜崎を握った手はぴたりと止まり、自身の快感を追うばかりになった。早く遅く、さらに強弱をつけて揉《も》み立てられては、追い詰められるばかりだ。このままイかされてしまうのかと唇を噛んだとき、ふいに竜崎が手を離した。

「くそっ、たまんねえ」

とんと軽く押されて足をふらつかせた達哉は、目の前の鏡に手を突いて身体を支えた。限界近くまで高ぶらされていた熱が僅かに引き、息をつく。解放を妨げられた熱はもどかしく体内で蠢《うごめ》いていたが。

急にどうしたんだと振り向いた視線の先で、竜崎が服を脱ぎ落としていた。視線が合い、竜崎が眉を跳ね上げた。

「自分がどんなにエロいか、自覚はないんだろうな。罪作りだぜ、全く」

ぼやいているうちに、見事に鍛えられた筋肉質の身体が露になる。どう鍛えても望んで

も、自分には与えられなかった理想の体躯《たいく》がそこにあった。たちまち全裸になってしまった竜崎に視線を引き寄せられて、肩から胸、胸から割れた腹筋まで見下ろしたところで、獰猛《どうもう》なそれが目に入って慌てて逸らした。

あれが、自分の裡《うち》に入ってくるのか。男同士でどうするかの知識は、ある。だがあの大きさは、凶器だ。いったいどうやって……。

軽く息を吸い込んだところで、背後から竜崎が抱き締めてきた。どきりと心臓が波打つ。垣間見て圧倒された竜崎の肢体が、瞬時に脳裏を走り抜けたのだ。

「待たせたな」

厚い胸が背中に重なり、竜崎の腕が達哉の身体を巻き込むように抱き締める。口を開く前に彼の指が唇に触れていた。輪郭をなぞるようにしてするりと忍び込んでくる。

「はっ……」

指が口腔で蠢いている。舌を摘み、歯列を撫で、ついでのように上顎の裏側や頬の内側などを掠めていく。痺《しび》れるような快感が走り、達哉は思ってもいなかった口腔内の性感帯に唖然《あぜん》とする。

一度落ち着きかけた股間が、すぐに熱を孕《はら》んで苦しくなった。

「舐めろよ」

後ろから唆《そそのか》すように言われて、自然に舌を絡めていた。滴るほどの唾液を舌で指に塗りつける。何度もそれを繰り返していると、もういい、とすっと引き抜かれた。

背中をつーっと滑った指が尻のあわいに達する。鏡に腕を置き背後に腰を突き出したポーズを取らされた。

「ちょ……っ」

あまりの格好に抗議しかけたとき、指が秘密の入り口にねじ込まれる。

「痛……！」

激痛が腰から脳天まで駆け上がった。鏡に突いた腕がずるっと滑りかけて、背後から竜崎に掴まれた。

「しっかり支えていろって」

もう一度鏡に置かれた手を拳に握り、額を押し当てる。ぎりぎりと歯を食いしばっている間に、竜崎はじりじりと指を奥まで突き入れた。

「最後はエロエロで啼かしてやるから、ちょっとだけ辛抱しな。……しっかし、狭いなぁ」

入れる場所ではないのだ、狭くてあたりまえじゃないか、勝手なことを言うな、と胸の内では怒っているが、声にはならない。

指が無理やりに中を掻き回している間、達哉は歯を食いしばりながら内心で竜崎を詰り続けていた。痛みはあるだろうとは思っていたが想像以上だった。股間の昂りは力を失って項垂《うなだ》れた。

指一本でこれなら、アレを入れたらどうなるか。

裂ける、と瞬時に答えが返ってくる。あの大きさにまで自分のその部分が広がるとはとても思えなかった。動けなくなったらどうしてくれるんだ。帰国する日は決まっているんだぞ。

体内を掻き回される痛みと不快感から意識を逸らそうと、達哉は竜崎を罵《ののし》り続ける。口からは言葉にならない呻《うめ》き声しか出てはこなかったのだが。

その瞬間だった。粘膜をまさぐっていた指がそこを掠めた。

「ああっ」

止めるまもなく甲高《かんだか》い声が迸《ほとばし》る。自分でも唖然とするような喜悦の響きに、達哉はぐっと奥歯を噛み締めた。

「ここか」

竜崎がもう一度指で探ってくる。

「あ、や……ぁ」

噛み締めたはずなのに、勝手に艶声が零れ出た。腰のその部分から、痺れるような快感が走り抜ける。萎《な》えていた前が、瞬く間に復活した。達哉は腰を捩って指から逃れようと足掻《あが》く。

「じっとしてろって」

舌打ちしながら、竜崎が空いていた腕を腹に回してきた。動けないようにがっちりとホールドされる。そのまま何度か感じるところを容赦なく抉《えぐ》ってから、指が抜け出ていった。

ほっとしたはずなのに、達哉が感じたのは喪失感だった。あの心地よさが欲しい。身体の中にじくじくと疼くものが残された。腕を見ると、快感のあまりだろうか鳥肌が立っている。

「さて、次は二本、と」

「も、いいから、挿れろ。そっちだって限界に近いんだろう」

思わず身体を起こし、竜崎を振り返った。もう一度あそこを突かれて淫らに腰を振るよりは、ひと思いに突っ込まれた方がましだ。

「いやいや、そうはいかない。俺はスプラッタは嫌いでね。おとなしくやられていな。十分に解《ほぐ》してくつろげてから、挿れてやるよ」

にやりと笑った竜崎は、腹に回した腕に力を込めて引き寄せると、指を二本揃えて突き入れてきた。一本目で僅かにできていた空洞も、二本挿れられると酷くきつい。圧迫感で呻かされ、達哉は鏡に指を立てていた。

「くそっ」

「なんだ、それは。色気がないな」

「う、るさい。さっさとやれ」

苦し紛れに吐き捨てると、竜崎は笑いながら、

「そうさせてもらおう」

と嘯いた。

指は中で好き勝手に蠢いている。何度か感じるところを掠めて吐息が漏れたが、先ほどとは違って竜崎もくつろげることを重視しているようで、すぐに離れていく。

三本の指が入ってくる頃には、達哉の内部にはかなり空洞が広がり、ひくつく襞《ひだ》が食い締めるものを求めて収縮を始めていた。それは自分にも止められない反応だった。引いていく指を放すまいと中がすぼまったとき、竜崎が「お」という声を漏らした。

瞬間カッと血が上った。さんざんな痴態《ちたい》を晒し、みっともない格好で尻を弄られ、これ以上恥ずかしいことはないと思っていたのに。羞恥心にはさらに上があった。身体の内部が意志や理性に関係なく欲しがって勝手に蠢くなんて。

達哉は「違う」と口を言いかけて、危ういところで唇を噛む。言ったらきっと「何が違

うんだ」と面白そうに切り返されただろう。

指が内部で広がり、空洞をさらに広げようとする。

「だいぶ柔らかくなってきたな」

感想を言われるといたたまれなくて、とにかく早く終わってくれと、達哉は無意識に腰を揺すっていた。

ようやく指が後孔を出ていった。自身の裡が逃すまいと指を締めつけたのに再び呆然としかけたが、広がった入り口に剛直の先端が押し当てられたので、これで終わると息を吐く。だが本当の試練はこれからだった。

メリッと音がしそうなほどの勢いで、竜崎の先端が狭い筒に押し入ってくる。焼けつくような痛みが一瞬で全身に広がった。

「ぐぅ……っ」

堪えろ、と自分に言い聞かせても、竜崎が突き進むにつれて痛みは酷くなるばかりだ。

「おい、息をしろ」

軽く頬を叩かれて初めて、自分が歯を食いしばって息を止めていたことに気がつく。身体を動かせば鋭い痛みが走るので、短い息を何度か継いで足りない酸素を補給した。

「吸ったら、吐け」

痛みのために何も考えることができない。達哉は言われるままに息を吐く。それを見澄まして、竜崎がぐっと腰を押しつけてきた。

「……っ！」

竜崎が動くたびに、ずきんずきんと痛みが走り抜ける。これでも加減してくれているようなのだが、達哉のそこは余りにも狭すぎ、竜崎のそれは大きすぎた。

少しずつ少しずつ、竜崎は灼熱を達哉の中に呑み込ませていく。あの大きさを挿れられたら絶対裂けると思っていたが、痛みはともかくとして、達哉のその部分は傷を負うこともなく竜崎の形に開いていく。

完全に萎えてしまった前方に触られ、微かな快感を得た達哉が身体の力を抜くのを待って、竜崎は最奥《さいおう》を目指して進んでくる。まだるっこしいばかりの動きに、痛みは絶えることなく続き、達哉は鏡に突いた拳《こぶし》を震わせていた。

「すまねえなぁ。俺のは、このちっちゃくて可愛い穴にはでかすぎるからなぁ」

ちっともすまなくなさそうに竜崎が言う。

「……入ったのか」

半ば自慢の交じったそれを無視して、ぎりぎりと歯噛みしながら達哉はそれだけを聞いた。後孔はもう感覚すらない。どこまで開いているのか、どうなっているのか、自分ではわからない。前を触られているから痛みではないものがときおり走るけれども、苦痛の方が強すぎてまだ快感を感じ切れていなかった。

「あと、もうちょい」

「さっさと、挿れろ……」

「よし入った」

言われて脱力しかけたところを、竜崎に尻をぽんと叩かれた。よく頑張ったとでも言うつもりだったのだろうが、

「……っ」

痛烈な痛みが走り抜けて、達哉はぐっと身体を強張《こわば》らせた。

「おい、少し緩めろ。きつい締めつけは気持ちいいが、このままでは動けない」

「……できるか」

勝手な言い分に達哉は歯を軋らせる。

「そうか。じゃあ仕方がないから、手を貸してやろう」

「余計な、ことは、いいから……っ、さっさと、終わらせろ」

きついと弱音は吐きたくないから、息を継ぎながら精一杯強がってみせる。これは取引だから、痛くても当然なのだと。

「まあ、待てよ。ここが反応しているから、もうちょっとどうにかしたら痛みもなくなるはずなんだ」

ぶつぶつと呟きながら、竜崎は掌に収めた達哉の雄を扱《しご》き始める。同時に腰を小刻《こきざ》みに動かしながら、内壁で押し包まれていた最奥から引いていく。

「な……っ」

達哉がびくりと身体を動かした。ぴりっと電流のような刺激が走ったのだ。太いカリの部分が掠めたところ。

「ここだな」

竜崎は達哉が反応したところを自身の熱塊で突く。

「あ……ぁ…っ」

聞きたくもない喘ぎ声が零れ落ちた。どうして、と自分でもわけがわからない。痛みはまだそこにある。なのに、それを凌駕《りょうが》する快感が、身体の奥から湧き上がってくるのだ。

「よし、こっちも勃ってきた」

さらに昂りの先を揉まれて、思わず背を仰《の》け反《ぞ》らせた。その瞬間、銜《くわ》え込んでいた竜崎の昂りが弱みを突いた。両方の刺激で、達哉は激しく身悶えた。

「ああっ」

鏡に突いていた腕がぶるぶると震える。腰から駆け上がった快感が脳を灼《や》いた。膝が崩れ落ちそうになったところを、危うく支えられる。

一方の腕で達哉を楽々支えながら、竜崎はさらに弱みを攻め続けた。ぎりぎりまで腰を引き、太い杭《くい》で一気に奥まで突き進む。かと思うと、弱い部分ばかりを小刻みに刺激する。その間も一方の手は達哉の昂りを扱いていた。

先端から夥《おびただ》しい蜜が溢れてくる。じくじくと疼く先端を指で押し潰された。堪えきれない快感が走って、一気に頂上へ押し上げられる。

「イく……っ」

「まだだ」

喉を反らせ達しようとした寸前を、竜崎に止められる。

「いやだっ、放せ」

昂りの根元をきつく押さえられ、逆流した快感が出口を失って荒れ狂う。腰の奥にねじ込まれた灼熱の杭からも絶え間ない刺激を受けて、達哉は我慢できないと首を振る。

「イきたい、イかせてくれ……っぁ」

あられもなく懇願した。それまで最後の部分で突っ張っていた意地が、ぽきりと折れた瞬間だった。

「こっちも、もう少しなんだ。我慢しろ」

無情に言い放ち、竜崎は前を堰《せ》き止めたまま自身の動きを再開する。達哉の中は竜崎の動きを歓迎していた。襞で押し包み、逃すまいと締めつける。引いていくのに追いすがり、空洞になると物欲しそうに蠢いた。そしていったん入り口まで引いた灼熱が勢いよく戻ると、歓喜のざわめきで押し包むのだ。

「くっ、悦すぎて、やばい……っ」

竜崎にとっても、狭くて熱い達哉の中は、ことのほか快美だったようだ。ほどなく呻くようにして、自らの動きを速め達哉を快感で啼かせた。

「ああ……っ、いやだ……」

滾々《こんこん》と湧き上がる快感に翻弄されながら、イくこともできず、悦すぎて辛い時間が過ぎていく。快感から溢れる生理的な涙が頬を伝う。竜崎が、脇から覗き込むようにして涙の滴を舐めた。そのまま無理やり顎を掴まれて唇を塞がれる。

達哉にとっては苦しくて堪らない体勢だ。なのになぜだろう。合わさった部分からじわじわと身体を蕩かす熱が広がっていく。竜崎は貪《むさぼ》るように達哉の唇を味わってから、一気にラストスパートをかけた。

激しく腰を使いながら、同時に前を扱きたてる。堰き止められた奔流が階を駆け上って、激しい勢いで弾け飛んだ。

「あああぁぁ……っ」

最奥に竜崎を銜えたまま、達哉は白濁を迸らせた。達する衝撃で自らの内壁を蠕動《ぜんどう》させ、きつく引き絞って竜崎を巻き込んでいく。

「……くっ、やってくれる」

不本意そうな呻き声が耳元ですると同時に、奥に飛沫《ひまつ》が叩きつけられた。

「あうっ」

脱力してがくがくと揺れていた達哉の身体が、びくんと撥《は》ねた。硬直し、そのあとでくたくたと力をなくす。凭《もた》れ掛かった身体を揺るぎなく受け止めながら、竜崎も荒い息をついている。

激しく鳴る鼓動が、シンクロしているようだった。苦しくて喘ぎながら息を吸い込んでいる途中に、竜崎に顎を掬《すく》われた。

「見ろ」

悔しそうに言われて目を開ける。艶めかしく身体を預けて仰け反った自分が映っていた。上気した顔から汗が滴り落ち、意志のないとろりとした目が鏡の中から見返している。

「満足そうな顔をしやがって。最後の最後で俺を落としやがった」

「そん、な……」

つもりはなかった、と言おうとして咳き込んだ。まだ息が苦しくて声が出ない。口を開くのを諦めて、鏡に飛び散った自分の白濁をぼうっと見た。竜崎が舌打ちしながら自身を引き抜く。彼が放った蜜液が、じわりと滲み出るのがわかった。無意識に腰に力を入れて止めようとしたが、さんざん揺さぶられたその部分はまだ開いたままで、閉じることができなかった。

「ぁ……」

とろっと足を伝うものの感触に、達哉は身動いだ。竜崎が達哉を抱えたまま数歩動いて、シャワーヘッドを手に取るとカランを回す。

「まあいい。夜は長いんだ。次はリベンジさせてもらうぜ」

温かな湯が噴き出てくる。ざっと達哉の身体を洗い流しながら嘯いた竜崎の言葉は、少し間を置いて達哉の耳に届いた。

「……まだするつもりなのか」

ようやく息が整ったものの、身体は竜崎に支えられていないと立っていられないほど疲《ひ》弊《へい》している。苦痛のどん底から、快感で一気に天空の彼方《かなた》へ飛ばされた。これ以上ないくらいに感情を揺さぶられ、できればこれで終わりにして欲しいのだが。

ぎらつく目で貪るようにこちらの身体を見ている竜崎のほうは、物足りなさそうだ。

「まだ俺のものだという印もつけていないしな。ベッドに行ったら、身体中キスマークで埋《う》めてやるぜ」

いや、できればそれは遠慮したい。達哉が引き攣《つ》った顔をするのを面白そうに見てから、竜崎はシャワーヘッドを動かして、達哉の身体についた体液を洗い流してくれた。いいと言うのに腰の奥に指まで挿れられる。掻き出そうとする指の動きは愛撫と同じだ。襞が蠢いて甘い陶酔の記憶が蘇る。ずくりと疼き出す熱に、思わず呻き声が漏れた。

絶対わざとだ。不本意にイかされたのが我慢できないらしい。そんなことで責められても達哉も困る。こっちだって意図してしたことではない、不可抗力だ。

竜崎が中の液体を掻き出しながら、にやついていた。

「締めつけてくるぜ」

「たんなる、条件反射だ」

「そう言いはるなら、それでもいいが。じゃあ、ベッドであんたの言う条件反射を楽しませてもらおうか」

なんと言っても、するつもりらしい。達哉は諦めたように口を噤んだ。

「俺たちの身体の相性は抜群だぜ。俺は女でも、これほど具合のいいやつに当たったことはない」

「……それは俺にとっては、運が悪かったということか。よくなければ二度目を強要されないで済んだのに」

「ま、そのぶん天国を見せてやるさ。次は痛みなんかない。最初からイきっぱなしにしてやる」

「凄い自信だな」

「おうよ。任せておけ」

胸を張る竜崎に、何を言っても空《むな》しくなった。達哉は口を噤み、竜崎が差し出したバスタオルで身体の水滴を拭った。バスローブを取ろうとしたら、「必要ない」と止められる。仕方なくタオルを腰に巻き、ゆっくり歩いてベッドルームに戻った。それを竜崎が不満そうに見ている。

「平気そうに歩くじゃないか」

「歩いたらいけないのか？」

「腰がよろめくのを見たかったんだ。色っぽいだろうからな」

色っぽいの基準が違うんじゃないかと思ったが、達哉は賢明にも黙っていた。不毛な言い合いになれば、こちらが疲れるだけだ。体力の消耗は極力避けたい。

「まあいい。何度か抱けば腰がふらつくのは嫌でも見れるだろうさ」

ベッドに腰を下ろした竜崎に腕を引かれ、膝を跨《また》がされた。腰のタオルがはらりと落ちる。今さら、と思っても全裸を晒してしまうと顔が熱くなる。相手は最初からタオルなど使わず平気で裸でいたとしても。

「改めて見ると、綺麗だな、あんたのここ。あまり使っていないのか」

傍若無人《ぼうじゃくぶじん》な手が触るのは柔毛に包まれている達哉自身。

「相応に使っている」

急所を触られている動揺を表すまいと、極力声を抑えて平静に答える。しかし取り繕っても、掌で弄ばれたその部分は、達哉の意志には従わず、むくむくと大きくなっていくのだった。

「やはり、感度はいい。それとも俺が触るからか」

正面から覗き込まれる。声の中にこちらの気持ちを推《お》し量ろうとする響きを感じて、達哉は、思った以上にきっぱりと否定していた。

「そんなことがあるはずがない」

「うーん、あっさり否定されるとなぁ。男心が傷つくぜ」

などと言いながら、弄る手は巧みに達哉の性感を煽り立てている。どこが傷つくのか、と詰りたい言葉を必死で押し止める。声を出せば、甘ったるい吐息交じりになるのはわかっていた。我慢してもどうせそのうち声は出てしまうだろうが、最初から喘ぎ声を聞かせたくはない。

達哉のそこが硬度を増し、先端に露を結ぶまではあっという間だった。滑《ぬめ》りを掬った竜崎が手を動かすと、卑猥な水音も耳に届く。

見たくないし、聞きたくもない。鏡で自分の痴態を見せつけられるよりはましかもしれないが、正面から自らが熱に侵されていくのを直視されるのも居たたまれない。

竜崎の膝に乗せた臀部《でんぶ》には、相手の灼熱も触れている。尻で感じるそれは怒張《どちょう》して、男の猛々しさを具現化していた。あれを一度でも呑み込んだことが、信じられなくなるような大きさだ。

「さて、あんたの感じやすさも十分見せてもらったし、そろそろいただくかな」

言うなり竜崎は達哉の脇の下に腕を入れると、軽々と持ち上げてベッドの上に転がした。そのまま上から覆い被さる。顔が近づいてきてキスをされそうになり、達哉は無意識に横を向いていた。

「おい、キス」

竜崎がちっと舌打ちする。

「恋人じゃないんだから、キスはいいだろう」

「ばかな、キスはセックスの前技だろうが」

「そんなものはいらない」

「言っておくが、俺はあんたより五つも年上だ。年長者の希望には従うのが筋だぜ。そもそもなんでタメ口なんだ?」

わざわざ指を五本立てて主張してくる竜崎に呆れた。こんなところで歳は関係ないだろう。それもキスをするしないで。濃密な時間を過ごしたあとでタメ口を咎《とが》めるのも今さらだ。

達哉は腕を伸ばして竜崎の首を引き寄せると、自分からうるさい口を塞いでやった。無意識に逆らっただけで、誰に操《みさお》を立てているわけではない。拒む理由なんか本当はないのだ。ただ相手が何もかも上手《うわて》すぎて悔しいだけ。

「んっ」

頭の中にはこちらから翻弄してやろうという気持ちも少しはあったが、すぐに主導権を奪われてしまった。巧みすぎる。達哉は、自身の数少ない情事の記憶を思って苦笑した。経験値の差は、年齢以上にあるのだろう。

「何がおかしい。……笑えないようにしてやるからな」

それを別の意味に誤解した竜崎に、猛然と挑まれた。ばかにしたんじゃない、普通でいいから手加減してくれとは言えなくなった。竜崎は猛禽《もうきん》のように唇に襲いかかり、執拗に舐め歯を立て舌を引きずり出して、痛いほど吸ってきた。口の中の性感帯をこれでもかと責め立てられ、達哉の思考力は淡雪《あわゆき》のように消えていく。

「は、あ……ん、……んっ」

息継ぎの合間に僅かに零れる吐息は艶めかしく、正気のときなら耳を塞ぎたくなっていただろう。竜崎はキスを堪能すると、すぐに次の攻撃目標に襲いかかる。項から、耳の後ろ側、鎖骨、そして充血して可憐《かれん》な赤に染まっていた乳首まで、丹念に舌で嬲《なぶ》っていく。

宣言したように、達哉の身体はキスマークで凄いことになっていった。竜崎が跡を残したところが、達哉の感じるところで、身体にこれだけの性感帯があるとは驚くばかりだ。

どろりと快感に蕩けかけた意識の中でも、達哉自身一矢《いっし》を報いようと奮闘はしたのだ。逞しくいきり立っている竜崎自身を愛撫しようと試みたり、自分の唇で彼の身体に痕《あと》をつけようともした。しかしそれらは、昂りをひと撫でされるか、乳首をきゅっと抓《つね》られるか、または喉元に歯を立てられるかするだけで、その場で挫折《ざせつ》した。そして延々喘がされる自分が残るばかり。

手技と舌技で何回もイかされ、吐き出すモノがなくなった頃、竜崎が後孔に入り込んできた。後ろから震えが来るような快感が押し寄せてくるのに、達哉の前はもうイくことができない。感じきって悦楽の高みに押し上げられたまま、身体を震わせるしかなかった。眉を寄せ、過ぎる快楽に悶えながら「許してくれ」と恥も外聞もなく哀願しても、竜崎の欲望はとどまるところを知らず、それからも長い間身体を揺さぶられ続けた。脳裏で明滅していた白熱が次第に渦を巻き、意識を奪っていく。熱い、悦い、でも苦しい。

達哉は朦朧《もうろう》とした意識の中で、竜崎に助けを求めしがみついていた。

「あんた、いいな。惚《ほ》れそうだぜ」

竜崎が腰を動かしながら、そんなことを言っている。言葉の断片は届くけれど、もう意味を把握することすらできない。じゅくじゅくと卑猥な水音は、何度も奥に放たれた竜崎のものだ。それをまた掻き回され、熱に炙られて呻いた。総毛立つような快感に、全身が瘧《おこり》のように震えている。

どこに触れられても感じる。けれどもすでに放出し尽くした達哉は、イきたくてもイけなくて。

終わりにして欲しければ言え、と言われて、その言葉を口にする。何を言ったのか、自分でもわからないままに。

「……に、なる…」

「よっしゃ。これであんたは俺のものだ」

悦《えつ》に入ったように笑い、ぎゅっと達哉を抱き締めてきた竜崎の真意もわからないまま、楽しそうな声の調子だけが記憶に残った。

「イくぜ」

竜崎が達哉の腰をがっしと掴み直した。腰を高く持ち上げて真上から深く突き込んでくる。ひときわ深く突き入れられると、最奥のさらに奥まで切っ先が届いた。

「ああっ……、あ、ぁぁ……」

身体が跳ね上がった。イけないはずなのに、全身を包んだのはマグマのような快感で、そのまま天空の彼方に達哉を運び去っていった。だから、意識を飛ばしぐったりと弛緩した達哉を抱き締めながら、

「イけたじゃないか」

と竜崎が声を上げて笑ったとか、そのあと程なくして自身の蜜液を奥に叩きつけ、満足そうに腰を引いたとか、汗や体液で汚れていた達哉をにやつきながら綺麗にしたことなどは全く知らなかった。そして竜崎が平気な顔でホテルの従業員を呼びつけて、ぐちゃぐちゃになったシーツを取り替えさせたことも、幸せなことに知らないままだった。正気だったら、とてもその場にはいられなかっただろうから。

重い。

眸《め》が覚めて最初に意識したのはそれだった。身動きできないくらい重い何かが圧《の》し掛かっている。何度か瞬きを繰り返して、自分の胸に我が物顔で回されている腕を見た。筋肉の盛り上がった二の腕。それに続くがっしりした肩と、背中に感じる逞しい胸。

ゆっくり記憶が浮かび上がってきた。

そうだ、自分は昨日カジノから逃げるために、この身体を条件にして助けてもらったのだ。とすると、今自分を抱き込んでいるのは、竜崎……。

「起きたか」

耳元で少し掠れた声がした。びくっと身体を反応させると、

「おはよう、というか、もうbonjourじゃなくてbonsoirだけどな」

発音はいまいちだが、取り敢《あ》えず通じる程度フランス語だ。気取って挨拶した男の言葉が呑み込めた途端、達哉はがばっと起き上がった。

「こんばんは？」

「よく寝てたぜ。一日中」

邪険に振り解《ほど》かれたのも気にしないようすで、竜崎が背後から指を伸ばして背筋をつー

っと撫でた。触れられたあたりに鳥肌が立つ。

「細いが、ちゃんと筋肉のついている身体だな」

言いながら今度は達哉の手を取って、しげしげと眺めている。掌から二の腕を撫でられてぞくぞくっと痺れるような快感が走った。

「鍛えたつき方だ。柔道か、合気道？　空手じゃないな。太極拳という可能性もあるか」

言い当てられて、ぱっと手を引いた。竜崎は薄く笑いながらまた背中に触れてくる。埋《うず》み火がちろちろと燃え上がりかけた。

「よせ」

短く言って、意識を逸らすためにわざと時計を探すと、達哉の身体に悪戯を繰り返しながら、竜崎がめんどくさそうに「あっちだ」と顎で教えてくれる。背中から脇腹をくすぐられ、そのまま伸びた指が乳首をつんと突いた。指の腹でするりと撫でられただけで、腰の奥がぞくりと疼いた。

「五時か」

わざとその感覚を無視し、身体を這い回る竜崎の手を押し退《の》ける。確かに、「こんにちは」ではなく「こんばんは」の時間帯だ。だがまだカジノを逃げ出してから丸一日経ったわけではないことが確認できて、ほっと脱力した。

「つれないなぁ、達哉ぁ」

背後で耳を舐めながら顔を寄せる男の声など、聞こえないふりをする。無視したまま髪を掻き上げ、服を探して視線を動かしていると、両サイドから腕が伸びて巻きついてきた。そのまま抱き寄せられる。ぴったりと重なった肌は、相手もまだ全裸であることを教えてくれた。

「……っ、おい」

抗議する達哉にはかまわず完全に腕の中に抱き込んでしまうと、竜崎は顎を摘んで唇を寄せてきた。

「やめ……」

「やめない」

そのまま竜崎の形の良い、やや厚めの唇が重なってきた。達哉は諦《あきら》めたようにそれを受け入れる。さすがに濃厚な雰囲気にはならず、何度か軽く合わせるバードキスは、竜崎にしても挨拶のつもりだったのだろう。最後に鼻を擂《す》り合わせるようにして離れていく男を、達哉はうろんげに見た。これではまるで恋人同士の、おはようのキスではないか。

「腹ぺこだろう。まずはメシだな」

もの問いたげな達哉の視線に気づいているだろうに、竜崎はそれについては何も言わず、ベッドを下りるとルームサービスにコールした。達哉は、恥ずかしげもなく晒している全裸の腰を、ついじろじろと見ていた自分に気がついてショックを受ける。慌てて逸らそうとした視線を、真っ向から捕らえられた。

「まだ、欲しいか？」

受話器を置きながら、わざとらしく腰を突き出され、

「まさかっ」

と吐き捨てる。顔を背けても耳朶が赤くなっているのが自分でもわかる。竜崎に気づかれまいとさらに背け、断じて物欲しげではない、と内心で言い訳する。

「昼に一度ルームサービスを取ったんだが、あんたはよく寝ていたから、悪いが俺だけが食べた」

「……起こしてくれたらよかったのに」

「いやいや、たっぷり寝て疲労を回復してもらわないと、俺が困るんでね」

悠々《ゆうゆう》と近づいてくる竜崎に目のやり場がなく、

「何か、着ろ」

呻くように言った。

「着ろ、だと？　あんたなぁ、昨日も言ったがもう少し年上を敬《うやま》う言い方をしろよ」

呆れたように竜崎が腰に手を当てる。中心で自己主張しているものが眼前に突きつけられた。

「何が年上だ。ただのエロ魔神の癖《くせ》して。いいから、とにかくそれをしまえよ」

「これか？　そうだな、あんたが着てくださいと言えば、何か着てやってもいいぞ。礼儀は人づき合いの基本だからな」

わざと腰をふらりと揺らしてそれを見せびらかし、竜崎は達哉が折れるのを待ち受けた。

「……着てください」

言い争っても無駄と、達哉はおとなしく言い換えた。

「見ていると欲しくなるから困るんだろう」

「違うっ」

思わず凄い剣幕で言い返した達哉に、竜崎が吹き出した。バスローブを身にまといながら、

「ほんとにからかい甲斐がある」

言われてももう挑発には乗るまいと、むっつりと唇を引き結ぶ。

「メシが済んだらちょっと出かけてくるが、そのあとであんたをモナコから出す手はずを相談しよう。おそらくカジノの連中も深追いはしないだろうが、念のためだ」

「これ以上迷惑をかける気はない。あのカジノと繋がりがあるんだろう？　立場がまずくなるんじゃないか？」

「繋がりは、あると言えばあるが、気にかけるほどじゃない。ま、今はとにかく腹ごしらえだ」

ルームサービスが届いたのを機に、竜崎は話を逸らした。達哉にしてもこのまま竜崎の世話になるつもりはなかったので、ちょうどよかった。竜崎が放ってくれたバスローブをはおり、そろそろとベッドから下りる。

膝が頼りないのはわかっていたが、さんざん酷使した腰もあらぬところがずきずきと痛んでいる。

「ああ、そうだ。言い忘れたが傷はなかったぜ」

「ばっ……」

用心深く腰をずらす達哉に、竜崎がデリカシーのない言い方をした。

「薬もばっちり塗っておいたから、今夜にはもう使えるようになっているさ」

にやりと笑いかけてくるので、まだ抱く気か、とぎょっと竜崎を見る。にやついている顔の中、目だけが欲望に忠実にぎらついていた。欲しいと、全身を舐めるように見られ、ぞくりと背筋に震えが走る。

その震えは、こちらもまた欲しいからなのだと、達哉は目眩《めまい》がするような感覚の中で自覚した。

この男が、欲しい。喉から手が出るほどの渇望。

セックスとは、これほど強烈に人を誘うものなのか。

だめだ、早くこの男の元を離れなければ、自分は彼に取り込まれてしまう。

これまで知らなかった、どこまでも堕《お》ちていきそうな酩酊感《めいていかん》。底なしの快美感。彼とならば、堕ちてもかまわないと思わせられる、深い愉悦。

自分はなんのためにここまで来たのだ。大きな決断の前に、この身にどこまで運があるかを試そうとして、無謀《むぼう》な勝負を挑みに来たはずだ。わざわざマフィアの息がかかっているカジノを選んだのも、そのためだった。

達哉は改めて自分の立場を確認する。ここでの自分は幻のようなもの。竜崎は助けてくれた行きずりの男。

念を押すように何度も言い聞かせるのに、ちょっと油断すると目が男の動きを追っている。優雅とは言えないが、そのすべてに力強さを感じさせる極上の男。

自分がこんな男だったら、そもそも今回の旅行などしなくても済んだ。彼にはわからないだろうが、竜崎は達哉のコンプレックスを掻き立て、だからこそ強烈に惹きつけられる存在なのだ。

ルームサービスで取り寄せた料理を、竜崎は驚くほどの食欲で食べ尽くした。空腹だったので達哉もそれなりに手を出したが、彼はその残りにまで手を伸ばすほどの健啖《けんたん》振りを見せた。あげくに、

「物足りないなあ。帰ったらきちんとした食事に出ようぜ」

などと言い出すのだ。

「いや、俺はもうこれで十分だ」

食後のコーヒーを飲めば、満腹で動くのもおっくうになりそうなほどだ。

「ふうん」

竜崎は達哉の台詞を聞くと、意味ありげに頭のてっぺんから足下まで見下ろした。

「小食だから、痩《や》せ気味なんだな。俺の好みだと、もう少し肉がついていてもいいんだが」

「……っ、あんたの好みなんかに興味はない」

唇を拭おうとナプキンを取りながら言い捨てると、テーブルの向かいから竜崎が顔を突き出してきた。思わず仰け反ると唇の端をぺろりと舐められ、

「な……っ」

絶句してしまう。

「ナプキンで拭かなくても、俺が舐めてやるって」

「い、いるか」

ぶわっと顔に血が上ってきた。否定する言葉も動揺で上擦《うわず》っている。どういうつもりなんだと睨《にら》む達哉の前で立ち上がった竜崎は、

「ま、おとなしくしていな。ちょいちょいと片づけてくるから」

にやりと笑いながら告げると、服を着替え始めた。クローゼットを開くと、ずらりとスーツが掛かっている。見ただけでも、どれも金がかかっていそうなスーツばかりだ。

そういえば、自分の荷物はホテルに置いたままだった、と達哉は彼が着替えるのをぼんやり見ながら考えていた。いつどうなってもいいように、大事なものは身につけてカジノに通っていたし、捨てても惜しくないものばかり残してきたのだが。

竜崎がネクタイをきりりと締め上着をはおると、企業のトップといっても通りそうな風格が漂う。裸で立ったときの獰猛な迫力を、極上のスーツがやんわりと包み込み、切れ者のイメージだけを表面に押し出すせいだろう。

ただし目つきの鋭さまでは隠しきれない。あのカジノと縁があるだけでも、男の背景が真っ当でないことは想像できる。きっと日の当たる場所を歩くただのサラリーマンではないのだろう。

「んじゃ、行ってくるぜ。いい子で待っていな」

などと言いつつ、行きがけの駄賃と激しいキスを仕掛けてくる男を見る限りは、自分の考えすぎかとも思ってしまうのだが。

「い、いい加減にしろ」

抗《あらが》ったせいで、逆に舌まで突っ込まれるディープキスを見舞われた達哉は、息を乱して蹌踉《よろ》めき、爽《さわ》やかな顔で出て行く男に思いっきり中指を突き立てていた。

ばたんとドアが閉じられると、達哉はふらりと椅子に腰を落とした。自分はこんなに感情の起伏《きふく》が激しい性格ではなかったはずなのに、竜崎には簡単に気持ちを揺さぶられてしまう。そして……。

達哉は赤くなった顔を押さえた。キスひとつで勃つほどの節操なしとだとも、まさか思わなかった。

「……なんて、やつだ」

罵る声にも力がない。達哉は腕で唇をぐいと拭い、気を取り直す。身体を落ち着かせるために、何度か深呼吸を繰り返した。

「たぶん、俺のため、なんだろうな」

言葉の端々にそんなニュアンスを感じた。達哉をモナコから無事に連れ出すために、カジノ側と話をしに行ってくれたのだろうと思う。

勝ち取った掛け金も放棄したし、こちらはただの一般人を装っているからあまり追及はされないだろうが、それでもメンツというものがある。姿をくらまして騒ぎを起こしたことで、達哉はカジノ側を信用しないと態度で示したのだ。勝負を見ていた者は多いし、事実裏社会に通じたカジノだからこそ、風評をたてられることを極端に嫌う。

ホテルの部屋はすでに徹底的に調べられているだろう。そしてそこに残したままのチケットから、空港にも手を回しているはずだ。達哉は最初からそのチケットは捨てるつもりだった。

時計を確かめて、よろよろと立ち上がる。竜崎が帰ってくるまでどれくらい時間があるかわからなかったが、急いだほうがいい。

ここに連れ込まれたとき着ていたタキシードは、竜崎がクリーニングに出して戻っていたが、まさかそれを着て出るわけにはいかない。

ポケットに入れておいたものは、ビニール袋に入れて側に置いてある。が、何度確かめてもパスポートがない。竜崎が、達哉が逃げられないようにと、どこかに隠してしまったらしい。

舌打ちしながら、達哉はパスポートを探すことを諦めた。竜崎がその辺に抜かりがあるわけがない。絶対この部屋には残していないだろう。

では着るものだと、竜崎のスーツが掛かっていたクローゼットを覗いた。彼の服は自分には大きすぎるが、スーツでなければなんとかなると思ったのだ。勝手に拝借するのに、良心の咎めはない。竜崎だってこちらのパスポートを取っていったではないか。

手触りのいい淡いホワイトのセーターとスラックス、ジャケットふうの革の上衣を見つけ出す。袋に入ったままの下着を見てぴんときた達哉が、急いでそれらに袖を通すと、どれも誂《あつら》えたようにぴったりだった。寝ている間に竜崎が、達哉のものとして手配してくれたのだろう。

はっと気がついてそれがあったあたりをもう一度確かめると、ほかにも数点、達哉に似合いそうな品が置いてある。

何も言わずにここから姿を消そうとしている自分が、急に後ろめたくなった。同時に、なぜ竜崎がここまで心配りをしてくれるのかと疑問も抱く。身体の契約は、昨夜カジノから連れ出してくれることだけだったはずだ。この先の達哉の安全を確保するために竜崎が動いたり、着るものの手配まですることは含まれていなかったはず。

一度懐《ふところ》に入れた者への情の厚さなのかもしれない。もしくは自分を気に入ったとか……。

達哉は、都合よく考えそうになった己を戒めた。

これは取引だ。ただの行きずりの関係なんだ。

言い聞かせると思い切りよくきびすを返した。バスローブを脱ぎ捨てて服を着込み、ポケットに必要なものを突っ込んで部屋のドアを開ける。そのまま立ち去ろうとした達哉は、しばらくドアの前で逡巡《しゅんじゅん》したあげくに、舌打ちして一度室内に戻った。

ライティングデスクでホテルの便せんに「世話になった。国に帰る」と素っ気ないメモを書き、カフスとタイピンのセットを重し代わりに置いた。服の代金のつもりもあった。竜崎が用意してくれたのはかなり高そうな服だが、ダイヤのついたブランド品であるそれなら、換金すれば代金分くらいにはなると踏んだのだ。

達哉には分不相応《ぶんふそうおう》なそれらは、坂下から贈られた大切な品だったが、背に腹は変えられない。借りを残したくなかったのだ。

普通に歩くことができなくて、かなりゆっくりした、ぎこちない動きでエレベーターに乗った。一階まで下りて、さりげなくロビーを横切っていく。入ってくる人、出る人で、ロビーはかなり混雑していた。顔を俯《うつむ》けて、達哉は彼らの間を擦り抜ける。

誰にも咎められないまま、上手く外に出ることができた。

すでに日は落ちている。が、艶やかな夕日の残像がまだそこここに残っていた。急速に暗くなる中、大通りに出てタクシーを拾う。駅に向かうように告げてから、様々な思いをシャットアウトするために目を閉じた。

駅で時刻表を確かめると、ニース行きの急行がまもなく発車することがわかった。切符を買い、空席を見つけ腰を下ろした。

ニースに着けば、そこからパリまでの長距離列車が出ている。モナコからフランスへ向かうには、パスポートは必要ないのだ。結果として竜崎の裏をかくことになったが、達哉自身は最初からこのルートで出国するつもりでいた。

パリに着いたらさっそく警察に適当な理由をつけて紛失証明を出させ、大使館にパスポートの紛失届《ふんしつとどけ》を提出した。二日のブランクはあったが無事に仮の書類を受け取って帰国する。竜崎に会うチャンスを永遠に放棄して。


「おかえり」

今日は調子がいいからと、布団の上に起き上がっていた坂下は、穏やかな声で達哉を迎え入れた。窓が開け放たれ、見事に手入れされた日本庭園が広がっている。庭の紅葉はまだ鮮やかに色づいたままだ。達哉は、ああ、帰ってきたんだ、と気持ちを引き締めた。

「ただ今、帰りました」

敷居の前できちんと正座して挨拶をしてから、達哉は呼ばれるままに坂下の前に進む。

「決心がついた顔をしているな」

「はい」

達哉は坂下の眼差しを正面から受け止めた。普段は慈愛に満ちた表情の坂下も、ここ一番では修羅《しゅら》の本性を見せる。今も、受け止める達哉のほうがたじろぎそうな迫力で睨み据えていた。

「自分、ふつつか者ではありますが、坂下組の若頭就任、受けさせていただきます」

それに負けじと気力を振り絞り、凛《りん》と張った声で告げて、深々と頭を下げる。

「いい顔だ。その顔なら岩田を抑えられるだろう。頼むぞ」

「はい」

いつものように側に控える守谷が、ふたりのやりとりをじっと見ていた。

「話が決まったからには忙しくなるな。守谷、岩田は今どこにいる？」

「事務所の方に詰めておられるはずですが」

「すぐ俺のところに来いと伝えろ」

「わかりました」

守谷は頭を下げ、慌ただしく席を立った。

ふたりきりになって、坂下がふっと表情を緩めた。

「達哉、すまんな。できればおまえにこんな重荷は背負わせたくなかったが」

「そんな。自分こそ、せっかくのお話をいただきながら即答できない半端者《はんぱもの》で……」

「よしなさい。今の坂下組を背負えと言われて、即決でうんというやつに任せられるか。そんな簡単な状況じゃない。内は岩田、そして外は中華系がどんどん入り込んで再々揉めている。どちらも対処を誤ると組の存亡《そんぼう》に関わる。そんな、多難な時期だ」

呟くように言った坂下がコンコンと軽い咳をした。

「組長」

慌てていざり寄った達哉は、横になってください、と手を添えて坂下を布団に横たえた。触れた背と二の腕から、すっかり筋肉が落ちている。病は確実に坂下の体力を奪っていた。今はまだ気力で保っているが、しかしやがては……。

初めて会ったときの坂下は、気力も体力も充溢《じゅういつ》していた。そのときの面影が脳裏を過ぎり、達哉の胸に悲哀が溢れた。

「組長、か。おまえにはずっと父さんと言っていて欲しかったのだが。康子《やすこ》も『姐《あね》さん』と言われたときは泣きそうな顔をしていたぞ」

坂下が一昨年亡くなった妻の名を出すと、達哉も返事に困る。

「そ……な…」

「それもこれも、俺の不甲斐《ふがい》なさ故だな」

「ちが……っ。どう立場が変わろうと、俺が一番に思い描く父親はあなただけだし、母親は姐さんだけでした。組長とか姐さんとか言っても、本心は父さんと母さんで……っ」

それ以上言わせたくなくて、達哉は激しく頭を振ると躙《にじ》り寄って、布団に出ていた坂下の手を握り締めた。


達哉が坂下と初めて会ったのは十歳のときだった。多額の債務を背負い夜逃げした両親から置き去りにされて、途方に暮れていたときに家にやってきたのが彼だったのだ。両親の借金先が、坂下の息のかかった金融業者だったことからの縁である。

初対面の坂下に達哉は、子供らしくないしっかりした口をきいたという。きちんとお辞儀をし「お父さんとお母さんは出かけています。しばらくは帰ってきません」と気丈に言った直後に、倒れてしまった。両親の失踪直後からほとんど食べていなくて、体力の限界に達していたのだ。

この出会いもまた、達哉の運の強さを物語るものかもしれない。追い詰められた両親は心中を図っていたかもしれず、また坂下がただの暴力団員だったら、達哉をそのままにして立ち去っただろう。

しかし、目の前で倒れた子供を見捨てられなかった坂下は、達哉を医者に連れて行き、そのあと家に連れ帰った。すると子供のいなかった坂下の妻、康子が達哉を見るなり「私が育てる」と言い出したのだ。当時の達哉が天使にもたとえられる愛くるしい顔をしていたのと、親に捨てられたことを恨みもせず、必死で庇《かば》おうとした心根に胸を打たれたかららしい。

「今日からわたしたちが父さんと母さんだよ。呼んでごらん」

と康子に言われても、十歳ともなれば多少ものがわかる歳だ。簡単には言えない。けれども彼ら夫婦に育てられ、やくざ稼業とはいえ、家庭では温かな愛情をたっぷりと与えられて育つうちに、いつしか自然に「父さん、母さん」と呼ぶようになっていた。

恩に報いようと勉強も頑張ったし、身体を鍛えるために合気道の道場にも通った。高校卒業後は働いて恩返ししようと思っていたのに、

「あんたは頭がいいんだから大学までお行き」

康子のひと言で大学まで行かせてもらった。

当時から始めた株は面白いように儲かっていて、卒業間際には、とても片手間とはいえ

ないほどの利益を叩き出せるようになっていた。

それを「組の役に立ててください」と差し出したとき、「どんなに困っていても堅気からは金は受け取れない」ときっぱり拒絶され、達哉は盃を受けることを決意したのだ。

何度説得しても譲らない達哉に、最後には坂下も折れた。それまでの「父さん、母さん」が、けじめとして「組長、姐さん」に変わった。息子から組員になったわけだ。部屋も母屋にいたのを、ほかの組員と同じ大部屋に移った。

「そこまでしなくても」

と康子は涙ぐんでいたが、達哉としては自分が加わることで組の結束が乱れるのを一番恐れていた。跡目を継ぐために組に入ったのではないのだ。それを周囲にもわかってもらうためには、形からきちんとしなければと考えた。

そうして希望通り達哉は、金庫番をまかされることになる。組の帳場を預かり、儲けを上手く投資して増やす仕事だ。もともとそちら方面をやりたかったので、ことはそれで収まったかにみえた。

大学を卒業し組の仕事にどっぷりと浸《つ》かって数年、達哉は金庫番として株取引で黙々と金を生み出していた。

そんなある日、康子が病気で亡くなり、続いて坂下が後継者と見込んでいた若頭が事故で亡くなったころから、組内にきな臭い風が吹き出した。坂下が若頭補佐に任じた岩田が、好き勝手に振る舞い出したのだ。武闘派を標榜《ひょうぼう》する岩田は、補佐と言われたとき、なぜ若頭ではないのかと不服そうにしていたが、そのときはまだ坂下が組内を抑えていたので、不満はくすぶるだけで終わっていた。しかしほどなく坂下が病魔に冒されると、岩田の増長を止める者がいなくなった。

昔のまま坂下が決めた決まりを守ろうとする者と、岩田に従う者。誰かが岩田を抑えなければ、坂下組は潰れるか分裂するかの瀬戸際まで来ていたのだ。

坂下から若頭にと言われて出かけたモナコのカジノで、勝負運は問題なかった。そしてもうひとつ試した、身に備わった運は危機を回避できるか、も、予想もつかない相手との出会いで逃れることができた。

フランスから日本へ帰国したとき、達哉の心は決まっていた。この身を投げ出す覚悟さえあれば、どんな苦境も切り抜けられる。岩田を抑え坂下組を守りきってみせると。

廊下が騒がしくなった。達哉は握っていた坂下の手をそっと放す。坂下が達哉を見た。それに対して微かに頷いてから、達哉は表情を引き締める。枕元から少し離れたところに下がり、背筋を伸ばして正座し直した。

守谷が入ってきた。端然《たんぜん》と座っている達哉に感情の窺えない目を向けたが、

「起こしてくれ」

という坂下の声に、さっと枕元に膝をついた。起き上がる坂下に手を貸して肩に羽織を着せかけ、背凭れを用意する。

三人が待ち受ける中、わざとらしく踏み鳴らす足音が近づいてきた。

「おやじ、急用だって?」

胴間声《どうまごえ》を響かせながら、岩田が騒々《そうぞう》しく入ってきた。巨漢である。身長は百八十センチを超え、体重も百キロ近く。身体に合わせて誂《あつら》えたはずのベルサーチのスーツの前が、はち切れそうになっている。

この体格にこの声で凄まれたら、普通の人間なら怯えて言いなりになることだろう。現に岩田はこれまで重戦車のような自分の身体で、あらゆるものを薙《な》ぎ倒してここまでのし上がってきた。

入室した岩田は、座っていた達哉を見て、軽く舌打ちした。なんでおまえがここにいる、と見下すように睨む目を、達哉はいつものようにやり過ごすのではなく、正面から受け止めた。

座敷の中央で火花が散る。

「なんだぁ、その態度は」

いつもは従順に頭を下げる達哉の挑むような眼差しに、生意気な、と岩田が怒鳴り声を上げた。

昔は岩田も達哉を「ぼっちゃん」と表面上は持ち上げていたが、組に入ってからは完全に格下扱いだった。もちろん横柄《おうへい》に呼びつけるのも、居丈高《いたけだか》にものを言うのも、ある意味序列の厳しい組織ではあたりまえと言えた。岩田は若頭補佐で、こちらはただの下っ端組員だったのだから。

しかし今は違う。坂下の要請を受けて若頭になることを承知したからには、岩田を従える権限を持っている。いや実力でも従えてみせなければならない。初《しょ》っぱなから睨み負けするわけにはいかないのだ。

達哉の身体から青白い炎が揺らめき立った。普段は抑えている気迫が前面に出て、岩田を圧倒する。身体は岩田には劣っても、気力で負けるつもりはなかった。

「何様のつもり……」

押さえつけるどころか、押され気味な劣勢に岩田が逆上しかける。その機先《きせん》を制して、

「岩田、そこへ座れ」

と坂下が声をかける。ずしりと重い声音だった。

「お、おう」

組長じきじきに言われれば、岩田も従わざるを得ない。守谷が差し出した座布団にどっかりと腰を下ろした。

「言っておくことがあって、おまえを呼んだ。俺の息子である達哉を、若頭に任命することにした。ついては補佐のおまえがよく協力して盛り立ててやってくれ」

坂下がさらさらと言い放つと、岩田は愕然《がくぜん》と言葉を失った。唇を開けたまま間抜け面を晒している。彼にとっては青天《せいてん》の霹靂《へきれき》だっただろう。

「お、おやじ、納得できない。なぜ俺じゃないんだ！」

しばらくしてようやく思考力が戻った岩田が、坂下に食ってかかった。

「俺は組のために精一杯やってきたつもりだ。若頭補佐として十分な働きを……」

「黙れ。おまえは俺が定めた法度《はっと》を破っただろうが」

坂下が言葉でピシリと岩田を打ち据える。岩田は一瞬詰まったが、焦ったように言い訳を始めた。

「なんのことか、わからな……」

「わからないとは言わせんぞ。覚醒剤なんぞに手を出しおって、麻薬は法度だと常から言ってあるだろう。俺の言うことに逆らったおまえは、本来なら破門だ」

「ま、待ってくれ。おやじ。俺は薬なんぞ……」

「知らないなどとほざくな。証拠がなくて俺がおまえを糾弾《きゅうだん》するか、馬鹿者！」

最後は空気を震わせるほどの大喝だった。病気の身体のどこに、これだけの迫力が潜《ひそ》んでいたのか。岩田は息を呑んで沈黙する。

「薬からは手を引け。そして達哉の下でせいぜい汚名《おめい》を返上しろ」

言い捨てて、坂下は守谷に「疲れた」と告げた。守谷は頭を下げると、手を貸して坂下を横たわらせた。

岩田は膝の上に置いた拳《こぶし》をぶるぶると震わせている。手酷《てひど》い屈辱だったようだ。

「岩田、若頭就任の宴を手配してくれ。身内だけでいい」

達哉の静かな一声に、岩田が目を見開いた。こめかみに血管が膨れ上がり、殺意を漲《みなぎ》らせた瞋恚《しんい》の目で達哉を睨み据えた。これまで下にいた者からの指図は、どれほど岩田のプライドを傷つけたことか。しかし、組織では、序列がものを言う。それが嫌なら相手を排除するしかない。

達哉は彼の心の動きを、ほぼ正確に察していた。さして難しいことではない。こうした立場に立たされた相手なら、同じように考えるはずだからだ。

極道では力ある者が支配する。坂下のひと言で達哉が若頭になっても、力量がなければ誰もついてこない。達哉の失態を待って追及すれば、坂下も庇いようがなくなる。

岩田は太い息をひとつ吐くと、

「わかりました」

と達哉に頭を下げた。上目遣いに睨み上げた目は、無理やり抑えつけた怒りでぎらぎらと煮えたぎっていたが。

達哉は目を逸らさずに、岩田の挑戦を受け止める。これからが本当の勝負だと、達哉にもわかっていた。力を信奉する岩田を、力で抑えつけなければ、組を率いていくことはできない。絶対に負けるわけにはいかなかった。


ばたばたと慌ただしく日が過ぎて、若頭就任は滞りなく執り行われた。組長の坂下が病気療養中の今は、すべての決断を達哉が下さなければならない。今まで通り株取引で資金を稼ぎながら、若頭の任も果たすため、達哉の日常は多忙を極めた。

お陰で、思い出したくない記憶を押しやっておくことができるのはよかったが。

モナコから帰国以来、油断しているとひとりの男の思い出がふっと蘇るのだ。

取引でこの身を抱いた男。取引と言いつつ、まるで愛おしむように隅々まで触れて昂らせ、何度も絶頂を極めさせられた。振り払っても振り払っても、思い出はそこに居座って、どうかすると達哉の身体を甘く疼かせる。

男の指がどんなふうに自分に触れたか。暴かれた感触まで蘇る。

さらに、もぬけの殻のホテルに帰った男はどうしただろうかとか、自分の姿がないことにがっかりしたのか、それとも面倒を避けられてほっとしたのかとか。考えても仕方がないことばかりに思いが向かう。

これほど後を引くならば、いっそ男が帰るのを待って、別れの挨拶をしてくるべきだった、とも考えた。もっとも悠長に挨拶などしている間にベッドに引きずり込まれそうな凄《すご》腕《うで》のたらしだったから、話もできずに快楽に蕩かされていたかもしれないが。そしてそれを、自分も拒めなかっただろう。

いや、やっぱりあのまま別れてよかったのだ。

頭を振って、目前の問題に頭を振り向ける。

岩田は表面上は達哉に従う素振りを見せ、不気味な沈黙を守っていた。

組の内外でも、この突然の若頭就任は驚きの表情で受け止められている。これまで表に出たことがないので、達哉のことを知らない者が多かったのだ。このまますんなり収まるとは誰も思っておらず、不気味な底流を感じつつ表面は穏やかに過ぎている。

「岩田もすぐには動かないだろうから、まずは中華系の問題だな」

真っ先に手をつけなければならないのは、それだ。先頃《さきごろ》から少しずつ中華系のちんぴらが仲町に入り込んで騒ぎを起こしていた。最近では目に余る勢力に膨らみつつある。

事務所にこもって守谷と対策を練った。常に坂下の傍らに侍《はべ》っていた彼を、手足になる子飼いができるまで使えと、一時的に譲られたのだ。

達哉は小さいときから彼を知っている。地位や組内での出世には目もくれず、坂下にのみ忠誠を誓う守谷を自分にと言われたとき、守谷自身に「不満はないのか」と一応確認した。

「ありません。組長のお言葉ですから」

守谷に似つかわしい返事ではあった。彼と彼が使う何人かが手足になってくれて、達哉はずいぶん助かっている。

「問題は、うちにミカジメ料を払っている店ばかりが狙い撃ちされていることだ」

「裏で岩田が何かしている可能性はありますが」

「可能性じゃない。おそらく黒幕はあいつだ。自分を若頭にすれば、面倒は抑えてみせると嘯いているそうじゃないか」

「よくご存知で」

守谷が感心したように言うのに、達哉は自嘲する。

「余計なことをわざわざ注進《ちゅうしん》してくれるやつが多くてね」

しかし、まだ証拠はない。

「中華系のちんぴらは、今はまだ個人で動いているし、目的は利権だから、旨味がなければ出て行くはずだ。いくら岩田が唆《そそのか》していても。だから」

達哉は組員数名でグループを作り、毎日巡回させることを提案した。

早速実行に移すと、何度か出会い頭に小競《こぜ》り合いはあったが、相手が組織だっていないせいもあって被害を食い止めることができた。巡回で組の結束が固いことをアピールしたのもよかったのだろう。食い込める余地がないとわかると、彼らは自然にこの界隈《かいわい》から出て行った。

この結果に、少しばかり達哉を見直す動きが出てくる。岩田にとっては面白くない展開だったろう。

しかしほっとする間もなく、別の頭の痛い問題が起こった。

坂下組は仲町の半分を仕切っているが、残り半分をシマにしていたもうひとつの組織が、手を広げてきた広域暴力団東和会《とうわかい》の傘下《さんか》に入ったのだ。その結果、穏やかな共存形態が崩れてしまった。東和会からの指示を受けて、彼らが坂下組のシマへ入って来る。彼らとの争いがエスカレートすれば、全面的な抗争が勃発しかねない。下の者に自重をしいながら、達哉も対策に苦慮していた。

「ひとつ終われば、今度はこれか」

達哉が守谷の前だからと弱音を吐く。疲れたようにソファに身体を投げ出した達哉に、守谷は穏やかな笑みを向けた。

「若頭ならうまく解決してくれると、組員は思っているようですよ」

「そんなに簡単にいけば、苦労はない……」

「でも、こうしてひとつひとつ信頼を積み上げて、彼らの心をあなたに縛りつけていくんです。若頭のためなら命も惜しくないと思わせる。そこまでいけば、組長就任が視野に入りますね」

「守谷さん、なんの話だ、それは」

ぎょっとして、達哉が姿勢を正す。

「当然の成り行きだと思いますが。それより、『さん』は止めてください。示しがつきません」

守谷はどうして今さら驚くんだと、逆に首を傾げている。

「組長は、岩田に組を譲る気はありません。だったらあとを継ぐのは達哉さんしか」

「いや、俺は。……取り敢えず今若頭で組を支えていれば、あとは誰かがなんとかしてくれるものと」

「あなた以外にいったい誰が」

おかしそうに笑う守谷に、達哉は思わず「あんたがいるだろ」と言いそうになった。自分などより、よほど肝も据わっていて頭も切れる。どっしり構えていれば、今だって組長の貫禄《かんろく》十分な守谷なのだ。

「ま、それはいいや」

達哉は手を振って話題を変える。言われても絶対自分は断るし、そんな不確実な未来の話より東和会対策だ。

「今のところ揉めると言ってもごねる程度で、あっちも様子見だとは思うんだが」

達哉の見方に守谷も賛同する。

「今資料を集めさせているところです。できるだけ早くまとめて報告するつもりではいますが、入ってきたのは東和会系の山本組《やまもとぐみ》という組織で」

守谷の説明では、組長の山本は現在刑務所に服役《ふくえき》しているとのこと。どうやら先般新聞等を賑わしていた密入国事件に絡んでいたらしい。

「通常組長が服役する前に誰かが身代わりとなるのですが、事件当時の若頭が東和会の直系若頭に引き抜かれていることを思うと、そのあたりで何かきな臭い取引があったのかもしれません。現在山本組の組長代行はその男で、ただ今実際に動いているのは、彼直属の参謀・槙島ですね。向こうも抗争までは望んでいないと思いますよ。こちらの実力を量っているのでは」

とすると、ここで対処を誤らなければ、東和会の件もうまく治まっていく可能性はある。どう捌《さば》く気か、と岩田を始め意地悪い目が見守っているなか、その夜達哉は、仲町の一角で起きた小競り合いに守谷を従えて自ら出向いていった。坂下組の保護下にあるショーパブで、山本組らしい数人の男が騒いでいるという連絡だ。

知らせを受けると同時に、こちらに連絡を取ったことを悟られるなと厳命し、達哉が到着するまで引き留めるために、ひたすら下手に出るように言ってある。

「若頭が直接出向かれることではないと思いますよ。来ているのはただのちんぴらのようですし、わたしか下の者でも十分間に合います」

車の中で守谷が淡々と言う。

「いや、これは俺が動くことだと思う。やる気なら受けて立つというところを見せれば、東和会も考えるはずだ」

守谷の忠告に頷《うなず》きながらも、達哉は自分の意見を通す。自らの存在を組に浸透させるためにも、

「動いて力量を見せるしかない」

低い声で決意を告げると、守谷は頷いてそれ以上の差し出口を慎んだ。

仲町は地域の一大歓楽街である。駅から大通りが交差するように二本。そこから入った脇道にもびっしり店が建ち並び、華やかなネオンが彩りを添えている。大通りに近い方は割合健全な雰囲気の店が多く、脇道の奥に行くほど淫靡《いんび》な雰囲気が漂い、最後はホテル街に繋がる。

事件の起きているショーパブは、綺麗どころを揃えているのでけっこう流行《はや》っている店だ。普通のサラリーマンを客層とする、どちらかといえば健全な部類の店で、ちんぴらが舞台に向かって「脱げ」と囃《はや》し立てたのでは、雰囲気がぶち壊しだ。

車が止まり、真っ先に降りた守谷が周囲に警戒の目を向ける。そのあとで降り立った達哉は、

「こちらです」

守谷の案内で店に向かった。

行き交う人並みが、自然にふたつに割れた。達哉の前後を挟んで歩く集団が一般人には

見えないせいで、関わりを恐れて離れていったのだ。

店の前で黒服を着た店員がふたりを待ち受けていた。中の騒ぎに気もそぞろなようすだ。達哉たちを見て、ほっとした顔で駆け寄ってくる。だが、彼らは中心にいる達哉に怪訝《けげん》な顔を向けた。顔が売れていないとは、こういうことだ。

苦笑しながら達哉は、守谷に説明させた。

「若頭の流さんです」

途端に相手ははっと表情を変えた。噂だけは様々に尾ひれをつけて流されているのだろう。一見優男《やさおとこ》ふうの達哉に、探るような目を向けてきて、こちらが静かに見返すと、慌てて頭を下げ、わざわざ出向いてもらった礼を述べた。

男たちの先導で階段を下りていく。

ドアを開けると、怒号と何かが壊れる音、悲鳴などが一斉に耳に届いた。

「派手にやっているようだな」

呟いて見回した店は、正面に舞台ができていて、形ばかりの手すりがあり、それを境にしてテーブルがぐるりと置かれていた。ショーを見ながら食事をする形式で、今は客たちもショーガールたちも怯えた顔で肩を寄せ合っていた。

「だからっ、脱げと言っているだろうが」

典型的なちんぴらファッションの男たちが、舞台に仁王《におう》立ちしている。つばを飛ばしそうな勢いでがなり立てていたひとりが、素肌も露なショーガールのひとりに手を伸ばした。

「おらあ……」

衣装に手がかかるか、かからないかのタイミングで、男の手がばしっとはたき落とされた。

「な、なにしやがるっ」

一撃で感覚がなくなるほどの衝撃を受けた男は、その手を抱え込みながらなおも虚勢を張って振り返った。

「なんだ？　おまえは」

三つ揃いのスーツを身につけ、すらりとした立ち姿の達哉は上品な空気を漂わせ、とても今ちんぴらに一撃を加えたようには見えない。

「なんだとは、こっちが聞きたい。ここは坂下組傘下の店だ。よそ者に暴れられてはメンツに関わる。おとなしく出て行くなら見逃してやろう。さっさと行け」

落ち着き払って言った達哉に、相手は逆上した。身長はそこそこあっても細身で、殴りつけたらそれだけで倒れそうな優男に言われたくない台詞だったろう。まして顔を見れば目を奪われるような美形だ。

「くそったれぇ」

喚《わめ》きながら殴りかかってきた男を軽くいなし、首筋に手刀《てがたな》を叩き込む。男が床のカーペットに這い蹲《つくば》ると、今度は残りのふたりがかかってきた。それをひとりは拳で腹を突き、もうひとりは掴みかかってきた腕を逆手にとって投げ飛ばした。相手の力を利用する合気道の技だ。ふたりともがもんどり打って倒れ、達哉はひとりの背に足を乗せた。

今は力を誇示する場面だ。今後のためにも容赦するつもりはなかった。

「い、痛っ」

体重をかけて踏みつけたので、男が悲鳴を上げた。

「このままだと肋骨《ろっこつ》が折れるかもな。ついでに背骨までいくか」

わざとらしく言うと、

「勘弁してくれ、痛い、痛い」

男が早々にギブアップする。

「どこのもんだ」

低い声で脅しつける問いには、すぐに「山本組」と返事が返る。

「なんでこっちまで来た。シマが違うだろう」

踏みつけた相手が黙っているので軽く蹴飛ばすと、

「……坂下組は軟弱な若頭が就任したから潰すなら今だと兄貴が」

必死な答えが返ってきた。それにしても、軟弱な若頭とは……。

達哉は苦笑いして足を引いた。屈《かが》み込んで相手の襟《えり》を掴むと、ぐいと引き上げて顔を合わせる。

「俺がその軟弱な若頭だ。覚えておけ」

また何かされるのかと頭を抱え込むちんぴらに、相手にする気も失《う》せて達哉は男を突き飛ばした。

「外へ放り出せ。……あ、いや、車に突っ込んでおけ。ついでに山本組まで届けてやろう」

「乗り込むんですか？」

備えもなくそこまでしては、と守谷が危惧する表情を見せる。

「いや、事務所前に放り出せば見せしめになるだろう」

「わかりました」

守谷が配下を指図して、三人を連れて行かせた。その間に達哉は背筋を伸ばし、店内をぐるりと見回した。

「騒がせて済まなかった。俺のメンツにかけて二度とこんな騒ぎは起こさせないから、楽しんでいってくれ」

落ち着いた声で言うとマネージャーを呼び、今夜の飲み代はすべて坂下組で持つからと伝える。粋《いき》な計らいに、店内の空気が変わる。軽快な音楽が再開され、ショーガールたちが動き始めた。少しずつ元の賑わいを取り戻し始めた店をあとにして、達哉は車に戻る。

もう一台後から来た車にちんぴらたちが押し込まれていた。二台の車は、大通りを横切って駅の反対側に向かう。

山本組の事務所の前でスピードを落とし、後部座席からちんぴらたちを放り出す。事務所内から怒号と共にわらわらと人が出てきた。彼らが痛めつけられたちんぴらたちを抱え起こすのをちらりと見ながら、達哉たちの車はデモンストレーションのようにゆっくりと通り過ぎていく。

「これで、どう出てくると思う?」

「手を引くか、もっと仕掛けてくるか、あるいは話し合いか」

守谷の言葉に頷き、話し合いにできればいいが、と達哉は帰る車の中で腕組みをして考えていた。

「昨夜は騒ぎがあった店にわざわざ出向かれたそうですね。若頭というのは奥にでんと控えて兵隊を動かす役だと思っていましたが、まさか自ら動かれるとは。ずいぶん安手《やすで》になったものだ」

朝、事務所に出ると珍しく先に来ていた岩田が話しかけてくる。一応若頭の立場をたてて丁寧語だが、言葉の奥には侮蔑が潜んでいるのがわかった。

「兵隊が動く気がないのだから、俺が行くしかないだろう。坂下組にも腰が重くて鈍重なただ飯喰らいが増えて困る。役に立たない者はいずれ整理しなければならないだろうな」

達哉はしれっと言い返した。

「なっ……！」

岩田がたちまち頭に血を上らせた。茹《ゆ》だったように真っ赤な顔で達哉を睨みつける。

「おや、岩田。まさか自分のことをただ飯喰らいと思っているとか？」

「思うわけがないっ」

「だったらそう顔を真っ赤にしないほうがいいんじゃないか？　周囲に誤解される」

つけつけと言ったあとは岩田を無視して、達哉はわざと手元の書類に目を落とした。視線の端に、岩田の握り締めた拳がぶるぶると震えているのが見えたが、一切無視する。まもなく荒々しく足を踏み鳴らして岩田が部屋を出て行った。

達哉はほっとひとつ息を吐くと、集中して書類に取り組み始めた。昨日守谷が言っていた、山本組に関する詳しい報告書が上がってきている。

守谷を手元で使ってみて、若頭には彼の方こそ相応しいのでは、と何度も思った。腕も度胸もあるし、頭も切れる。彼に心酔している舎弟《しゃてい》だっている。突然組長の鶴の一声で若頭になった自分より、よほど人望もあるのだ。

ただし守谷の忠誠心は、坂下にのみ向けられていて、一切よそ見はしない。達哉がそれなりの地歩《ちほ》を無事に築けたら、さっさと坂下の世話係に戻るのだろう。

「それまでに、自分直属の腹心を作っておかなきゃな」

といって、そんな簡単にできるものでもないのだが。今はひとりふたりと近くに置いて、使えるかどうか試しているところだ。

達哉はゆっくりとこめかみを押さえた。焦るな、と自分に言い聞かせる。まずは昨日の始末のつけ方に対して、山本組がどう出てくるかだ。

書類をひっくり返して、組長代行の男の名前を見る。

「竜崎、義雄？」

一瞬目を疑った。何度も繰り返して名前を確かめる。呟いた声も、心なしか震えていた。まさかそんな偶然……。

彼かもしれないと思っただけで、心臓が早鐘《はやがね》のように鳴り出した。

あの男、下の名前はなんと言ったか。

『俺は竜崎だ』

深みのある男の声が蘇った。

「そうだ。あのとき名字だけ聞いて、下の名は聞かなかったんだ」

だからといって常識で考えても、モナコで出会った男とこんなところで再会するような偶然は、それも対立する立場の極道としてなどあり得ない。

理性が冷たく断じて、次第に胸の鼓動も落ち着いてきた。

「すぐにあの男に結びつけるなんて」

諦めの自嘲を漏らして、達哉は書類を机の上に放った。考えただけで、未だに身体の奥が疼くのだ。あんな強烈な体験をもたらした男を、そう簡単に忘れられるわけがない。

野性味の強いふてぶてしい顔、逞しい身体。

これが自分にあったらと、あのときも思った。

身体能力には自信があるが、着やせする細身の身体と、美形と称される整った顔は、押し出しがよいとはとても言えず、苦労させられる。

「男は顔がいいからって、なんの得にもなりゃしない」

ぼそっと呟いたとき、くすりと笑う声がした。

「そうでもないんじゃないですか?」

目の前に守谷が立っていた。考え事に浸って彼が入ってくるのに気がつかなかった達哉はばつの悪い思いをした。慌てて椅子の上で姿勢を正し、表情を取り繕う。しかし見上げた先で薄く笑っている守谷を見て、彼にまで虚勢を張ってどうすると思い直した。四面楚歌の中でたったひとりの味方なのだ。

「この顔でいい目を見た記憶なんかないから。男なら、守谷さんか、もしくは……」

にやりと笑った男の顔が浮かんで急いで振り払った。

「岩田みたいに生まれついていたらよかったかも」

わざと岩田の名前を出すと、今度は守谷はぷっと吹き出した。

「あんな下卑《げび》た顔はおよしなさい。あなたの品性が疑われる」

「や、それはうちの若頭補佐に対して失礼では」

わざとらしく庇うと、守谷は笑いを収めて真面目な顔になった。

「早く追い出さないと、ああいう手合いはますます増長します。まだ証拠はつかめていませんが、薬と完全には切れてないようですし、裏でこちらの情報を山本組に流して騒ぎを煽った節も見られます。『軟弱な若頭』なんて、いかにもあの男の言い方めいていませんか？」

「それは、……俺の見た目がこうだから」

達哉が苦々しく言いかけると、即座に守谷が否定した。

「違いますよ。わかる者なら、あなたから発せられる凛とした強さを感じ取れるはずです。普段でも隙がない身のこなしをされてますし、昨日の立ち回りを見て惚れ惚れしました。さすがに組長が見込まれた御方だ。それがわからない岩田は、すでに自分の浅はかさを暴露しています」

「守谷さんにそこまで言ってもらうと、照れる……」

「前にも言いましたが、『さん』はやめてください。守谷と呼び捨てに。あなたは若頭です。けじめがつきません。……それと、山本組から連絡が入りました」

褒め言葉に居心地が悪くて、所在なく鼻を撫でていた達哉がさっと表情を引き締める。

「なんと言ってきた?」

手を引くか、もっと仕掛けてくるか、あるいは話し合いかと守谷が予言した中で、先方は三番目を選択してきた。すなわち話し合いである。

「そうか。あっちもバカじゃなかったわけだ」

手打ちで済めば、こちらは助かる。今は外に覇《は》を唱えるより、内を固めなければならない時期だから。もちろんそうした弱みを晒すつもりはさらさらなかったが。

坂下にこれまでの経緯を話すと、

「俺はもう口を挟まないよ。おまえが思うとおりにやってみなさい」

あっさり下駄《げた》を預けられてしまった。

中立地帯で会見場所を決めるのに何度か交渉があり、結局面倒だと言い出した先方が「こちらから出向こう」と破格の申し入れをしてきた。立場としては向こうが上なので、本来なら譲るようなやり方はメンツにかけてもしないと思われたのだが。

「本気で共存を考えているようですね、ともかくしばらくの間は。だったらこの小競り合いもわざと仕掛けてきた、のかもしれません。最初から争う気はなくて、ただこちらの出方を探るために」

守谷が眉間《みけん》に皺《しわ》を寄せながら言った。

「確かに。どこもちんぴらが難癖をつけた程度で終わっている。もし本気で仕掛けてくるなら、もっと上の連中を投入してくるだろうな。ま、会ってみればわかるさ。で、誰が来るって？」

「竜崎直属の槙島です」

守谷が告げた名前に、達哉は無意識に息を吐いていた。もしかして竜崎が出てくるかと思ったのだ。

「組長代行の、竜崎、は？」

敢えて竜崎の名を出したのは、来ないことを、さらに確かめておきたかったせいだ。

「竜崎本人は東和会の若頭ですから、細かい仕事に直接出てくることはないでしょう」

「細かい仕事か……。ま、そう言われても仕方がないな」

息をつく。自分たちには仲町とその周辺が全世界だが、東和会のように全国組織ともなると、ここらあたりの揉め事はささいな仕事になるのだろう。

「槙島は竜崎の懐刀《ふところがたな》で、なかなか有能な男らしいですよ」

侮って油断するなという守谷らしい忠告だった。

「わかっている」

相手が誰であれ、自分は本分を尽くすまでだ。

その日の午後、綺麗に掃《は》き清められた事務所前に、黒塗りのベンツが乗りつけてきた。前座席から飛び降りた舎弟が頭を下げながらドアを開け、悠々と下りてきた男が、出迎えた守谷に導かれるまま中に入ってくる。

五階の応接室から達哉はちらりとそのようすを見た。最初岩田に迎えの役目を振ろうとしたら、自分は使い走りじゃないとごねられた。格上の相手の正式訪問に礼儀を尽くすという常識も、達哉に指図されると聞きいれたくないことに一変するらしい。

達哉も敢えて無理強いはせず、守谷に顎をしゃくった。本当は最初から、守谷にその役目を言いつけたかったのだが、そうすると逆に、岩田が自分を無視すると文句を言うかもしれないと手順を踏んだのだ。内部のごたごたを外には晒したくない。

客人を通す応接間は、やくざの組事務所とは見えない品のいい家具が揃っている。体面を重視する坂下が、ここには本職のインテリアデザイナーを入れて逸品《いっぴん》を揃えさせたからだ。

正面の椅子に座っていた達哉は、ドアの外に物音がしたのを機に立ち上がった。着ているスーツはミラショーンのダブル、靴はモレスキーのオストリッチ。髪を撫でつけ舎弟を従えた姿は極道らしいが、貫禄のない自分には似合っていないと苦い笑いが浮かぶ。ブランド品に位負けしていると。

実際はすらりと立ったその姿に誂えたスーツは、はっと目を引くほど映え、きりっと引き締まった顔と切れ長の鋭い眼差しには、なかなかどうして若頭の押し出しには十分すぎる艶まであったのだが。

室内には達哉のほかに守谷の舎弟と、岩田を始め組の幹部が数名待ち受けていた。舎弟が気配に気づいて素早くドアを開けにいった。

守谷が小腰をかがめながら男を先導してくる。ひとりだ。舎弟や用心棒たちは車に置いてきたらしい。剛胆な男だな、とそれを見ながら思った。同じように堂々としていた男の面影が、嫌でも脳裏を過ぎる。

こんなときに、と振り払った直後に男が顔を上げ、真っ直ぐにこちらに視線を向けた。

え!?

「よう、また会ったな」

「な……っ」

驚愕に目を見開く。挨拶をしようと開いた口は、唖然としたまま固まってしまう。

「美形がそんな間抜け面を晒すもんじゃない。百年の恋も冷めるぜ」

笑いながら近寄ってきたのは、竜崎……!

達哉の脳裏に、消えることなく居座っている男だった。

「竜崎、義雄。あんたが……?」

ようやく掠れた声で呟いた。

竜崎はさも親しそうに達哉の肩に手を置くと、さりげなく引き寄せて囁いた。

「俺の恋は冷めなかったけどな」

思わせぶりな言葉を息と共に耳に吹き込んでから、身体を離した。息が耳に触れただけで、達哉の身体にはぞくりと震えが走る。

「相手があんたで、本当に嬉しいぜ」

今度は周囲にもはっきりわかる声で告げ、自分と達哉がすでに顔見知りであることを強調する。守谷、岩田ほか、居合わせた幹部、舎弟が、怪訝そうに達哉を見た。彼らの視線が痛い。竜崎に先手を打たれては、今さら知らないふりもできなかった。

どこで会ったことにするんだ、とめまぐるしく頭を働かせながら、

「元気そうでなにより」

差し障《さわ》りなく握手の手を差し伸べて答えた。その手を竜崎がぎゅっと握り締める。

「水くさいことを。俺たちの挨拶と言えば、こんな上品なものじゃなかっただろうが」

にやりと口許を歪めた竜崎に嫌な予感がして逃れようとしたら、先を越されてぐいと腕を引かれた。バランスを崩した達哉は、竜崎の胸に倒れ込む。それをしっかりと抱き込んでおいて、

「おっと。これは力を入れすぎた。すまん」

わざとらしい大きな声で周囲に取り繕う。そのくせ達哉には、

「相変わらず抱き心地のいい身体だ」

と裏腹なことを囁いてきた。敵の牙城《がじょう》で露骨なことをするつもりか、と達哉はぎりっと歯を噛み締める。

「放せっ」

聞こえないように抑えたが、怒りを込めた声で詰り、身体をもぎ放す。竜崎はすんなり手を放した。そのまま後ずさりしかけるのを意志の力で抑えつけ、達哉は正面から竜崎を睨んだ。

「ようこそ、坂下組へ。俺が若頭を務める流達哉だ。組長は病気療養中なので失礼させていただく」

意識して平静な声を出し、歓迎の辞を述べる。

「これは丁寧な挨拶、恐れ入る。俺が山本組組長代行竜崎義雄だ。東和会の若頭も務めている。改めて、よろしく」

途端に岩田の表情が変わった。権力志向の彼からすれば、東和会若頭の竜崎の名は、蜜のように惹きつけられるものらしい。しまったという顔になっている。自分が出迎えて印象づけておけばよかったと。そこまで表情から読み取れるのも、腹芸の必要な男としてどうかと思われるのだが。

情けない、と内心眉をひそめながら、竜崎に気づかれなければいいがとの願いもむなしく、ちらりと視線を流した彼は、あからさまな岩田の表情の変化に冷笑を浮かべていた。

「今日は別の人間が来ると聞いていたが」

「ああ。このあたりを任せている槙島が来る予定だったが、たまたまこっち方面に用事ができて、どうせなら俺がと。槙島に用があるなら下で待たせているが？」

「いや、特には」

挨拶には挨拶を返しながら、竜崎に座るように勧めた。

「失礼だが、以前からのお知り合いですか？」

岩田がさっそく口を出してくる。竜崎が冷ややかな目を向けた。トップ同士の話に僭越《せんえつ》な、という意味があからさまに見て取れるが、場の雰囲気を読めないのも岩田の特質である。

竜崎の視線が自分に向いたのを、関心を持ってもらえたと心得違いをして、

「若頭補佐の岩田と申します」

と嬉々《きき》として自己紹介をしてのけた。

竜崎は返事もしないで上から下までじっくり視線を這わしたあとで、達哉に向き直った。

「なんだ、この豚は」

室内の空気が凍りついた。辛辣《しんらつ》な台詞に吹き出しかけたが、なんとか堪えて達哉はとぼけてみせた。

「豚？　ここには人間しかいないが、何か勘違いしたのでは」

視線の端で守谷が動いて、真っ赤になって震えている岩田を後方に引かせている。ここ

で怒声を放ったり殴りかかりでもしたら、とんでもないことになるからだ。

居心地の悪い沈黙を破るべく、達哉は積極的に竜崎に話しかける。

「飲み物は？」

「ああ、俺はキリマンのブラックをもらおう」

あると確信しているような言い方だ。もちろん事前に準備はしてあったので、コーヒーはすぐに運ばれてきた。馥郁《ふくいく》たる香りが漂い、なんとか場の雰囲気が和《なご》んできた。

「それで、おふたりはどこで？」

岩田の問いをもう一度守谷が繰り返した。不審に思って聞かずにはいられなかったのだろう。それとも、会話になりやすい話題を提供しようとしたのか。うっと達哉は詰まる。

これは助け船ではなくて……。

「会ったのはついこの間だ。モナコでな。派手ーな勝ち方をしているお兄さんがいて、見れば同じ日本人じゃないか。運にあやかろうとこっちから声をかけたんだ。旅先の友人ってとこか？　まさか日本でこんな再会が待っているとは夢にも思わなかったが」

助け船を出してくれたのは竜崎の方だった。岩田を無視したときとは違い、笑顔で守谷に答えている。手を広げて大げさに驚きを表現しながら。

「モナコ、ですか」

守谷は達哉がモナコに行ったことは知っている。さして不審には思わなかったようだ。

「そうそう、モナコで。まさかカジノで、極道でございい、などと打ち明けるわけにもいかないから、俺も竜崎としか名乗らなかったんだ。そのままふらっといなくなった相手と、こうして会えるとは。いやぁ、本当にこんな偶然があるもんだなぁ」

白々しく、達哉だけにわかる皮肉も交えながら竜崎が立て板に水を流すように喋《しゃべ》ると、周囲にほっとした気配が広がった。トップ同士がこれだけ親しいなら、揉め事はすんなり収まるだろうと誰もが思ったのだ。

「それはともかく、今日は双方の諍《いさか》いをどうするかだが……」

これ以上突っ込まれる前にと、達哉が話を懸案事項に引き戻す。わざとらしい竜崎の態度に、自分は彼の正体を知らなかったが、もしかして向こうは知っていたのかもしれない、と密《ひそ》かな疑いを抱きながら。

だが知っていたからと言ってどうなる？　彼がここにいるのは自分のためだとでも？　まさか自分が坂下組の者だから、繋がりを持つために仲町に手を伸ばしてきたなんてことは……。

考える途中でばかばかしくなって、達哉はその疑いを放り投げた。それではまるで、竜崎が自分に未練があって追いかけてきたと言っているようではないか。助ける代償に身体を差し出した程度の男、東和会の若頭である竜崎ほどの男が追いかける意味も理由もない。

「そう、その諍いなんだけどな。うちも乗せられたというか」

「乗せられた？」

達哉が聞き返すと、竜崎は頷いてみせた。

「なんというか、今がチャンス、みたいなことを下っ端連中に耳打ちしたやつがいたんだなぁ。坂下組はまもなく内部分裂するからと」

ざわっと不穏な空気が流れる。

「考えのない野郎どもだから、兄貴分に相談もせず突っ走ったような事情で。俺が来たことで、なかったことにしてくれるとありがたい」

「それは……」

竜崎の台詞には、聞き捨てにできない事実が含まれていた。達哉はちらりと守谷を見た。耳打ちした誰かというのは、岩田の手の者に違いない。だが今ここでそれを暴くわけにはいかなかった。守谷の微かな目配せに、達哉も瞬きで答え、改めて竜崎に向き直った。

途端におや？　と内心で首を傾げる。竜崎の唇がぐっとへの字に結ばれていたのだ。睨むように挑むように達哉を見ているのは、もしかして不機嫌であるとわざとアピールしているのか？

今の今まで上機嫌で話していたはずだが、と首を傾げる達哉は、守谷との無言のやりとりの直後、竜崎がまるで牽制するように彼を睨み据えたことには気がついていない。睨まれた守谷が目を伏せて密かに笑っていたことも。

「ではこれで手打ちということに」

軽く咳払いして、達哉が締めた。竜崎が気分屋だったとしても、こちらの与《あず》り知らぬことと、話し合いの目的だけに言及する。

途端に竜崎が立ち上がった。

「よし、これで話はついたな。じゃあこれから懇親といこう」

「は？」

何を言い出したのかと見上げた達哉の腕を引いて立たせ、そのまま引っ張って部屋を出て行こうとする。

「ちょっ、何を……」

守谷と舎弟たちが目を剥《む》いている。蹈鞴《たたら》を踏んだ達哉はなんとか体勢を戻してその場で踏み止まり、竜崎に握られた腕を引こうとした。子供の綱引きのようなみっともないやりとりになりかける寸前、

「竜崎さん、それは席を設けるということですか」

ぴしりと守谷が声をかけた。責めるようでもあり窘《たしな》めるようでもあるその声に、竜崎がゆっくりと首を回す。手は万力のように達哉の腕を握り締めたまま。

「そうだ。ただし、ふたりきりのサシでな」

「うちの贔屓《ひいき》の店でもよろしいので？」

「いいだろう、この際贅沢《ぜいたく》は言わん」

「わかりました。少々お待ちを」

守谷が携帯を取り出して連絡を取る。

「営業時間には少し早いですが、準備するそうです」

促された舎弟が、車の用意をしに部屋を走り出る。

「車は俺のでいいぞ」

その背に声をかけた竜崎の言葉を、守谷が撥ねつけた。

「そうはいきません。うちの若頭にも立場がありますから」

ふたりの視線が宙で切り結び、火花が散った緊迫した一瞬のあとで、

「まあ、仕方がないだろうな」

竜崎が太い息を漏らした。達哉の手を放し、

「先に行っている」

と後ろ手に手を上げて部屋を出て行った。

竜崎が出て行くと同時に、それまで堪えていたのだろう、岩田が爆発した。

「あ、あいつ、いったい何様だっ。ばかにしやがって！」

「ばかはおまえだ。言われもしないで口を挟むやつがいるか。礼儀知らずだろうが」

ぴしりと、達哉が叱責《しっせき》する。

「う、うるさい……」

口走った途端、守谷がずいと岩田の前に立ち塞がる。

「岩田さん、言葉に気をつけてください。若頭に不遜《ふそん》な台詞を吐くなら、わたしが相手になりますよ」

「……っ」

悔しそうに口を噤んだ岩田は、居合わせた者を押し退けるようにして部屋を出て行った。どしどしと足を踏み鳴らす音が次第に遠ざかっていく。

「困ったものだ。若頭補佐があれでは」

幹部のひとりが呟いた。

守谷が密かに達哉に目配せをしてきた。今の幹部の言葉は、現在の坂下組の雰囲気を象徴している。すなわち彼らの気持ちは、岩田よりも達哉に向いているのだと。この先もますます、岩田から人心は離れていくのだろう。

幹部たちも部屋を出て、達哉と守谷だけが残った。車の準備ができれば、誰かが呼びに来るはずだ。

達哉は心中複雑な思いのまま、力任せに握られた手首をさすっていた。竜崎の指の跡が残っている。達哉にとっては、今は岩田を気にかけるより、彼が何を考えているのかをこそ知りたい。

「跡が残っていますね」

覗き込んだ守谷が、人ごとのように言った。

「骨が折れるかと思った」

思わず吐き捨てると、守谷がぷっと吹き出した。

「確かにあの体格の相手と力勝負をしたら、不利でしょうね。ですが、達哉さんはそんなことをなさる必要はありませんよ」

「え？」

「戦う手段はひとつではないということです」

「どういうことだ？」

首を傾げた達哉に、守谷は説明する気はないのか、苦笑して話を逸らす。

「モナコで会っておられたとは、知りませんでした」

それを持ち出されては、達哉は首を竦《すく》めるしかない。

「俺だって、まさかあれが竜崎だったなんて……」

彼とのあれこれを思い出すと、血が上ってくる。無理やり話題を変えた。

「どこを予約したって？　じゃなくて、どうして俺が竜崎と……」

言いかけて、肝心なことを思い出して守谷を責める。

「懇親を深めたいと先方がおっしゃるのだから、この先の友好のためにも断る理由はないと思いますが」

しらっと返されて、すべての事情を話せない達哉は唇を噛んだ。ふたりきりになりたくないんだとは、口が裂けても言えない。

「で、どこの店だ？」

仕方なく尋ね、守谷が告げた料亭に、達哉は頷いた。

「そこならいいだろう」

仲町でも一番の高級割烹《かっぽう》だ。

達哉が下に降りると、竜崎の車はすでに走り出していた。関係が修復されたので、坂下組の舎弟たちが雁首《がんくび》を揃えて見送っている。もちろん岩田の姿はない。

続いて守谷が用意させた達哉の車が横づけされた。竜崎と同じベンツだ。まさにやくざ御用達《ごようたし》の車。苦笑いしながら、達哉は後部座席に乗り込んだ。前座席には、運転手のほかに守谷に命じられた舎弟がひとり乗っている。

「あとは頼む」

暗に岩田の動向を探れと言い置いて、達哉は首を引っ込めた。窓がするすると上がり、車は滑らかなスタートを切る。二台目の車が、警護の人間を乗せて背後から従っていた。

広い座席に腰を下ろした達哉は腕組みをして、竜崎が現れてからの自分の態度を振り返る。どこかおかしなところはなかっただろうか。

坂下組の若頭が男に組み伏せられて抱かれた、などと知られるわけにはいかない。そう言う意味で竜崎にはすでに弱みを握られていることになる。まさか自分から男を抱いたなど吹聴《ふいちょう》するとも思えないが。

これからふたりきりになるならちょうどいい。釘《くぎ》を刺しておかなければならない。いや、逆にそれを言ったら、相手にこちらの弱点をさらけ出すことになるのか？　そもそも竜崎が現れたのは故意なのか偶然なのか。

意図を計りかねて首を傾げている間に、店に着いてしまった。

料亭では女将《おかみ》が待ち受けていた。竜崎は離れに通したという。当然離れ周辺には、すでに守谷の手で護衛が配置されているはずだ。守谷に言い含められていた舎弟が、女将に相応の心づけを渡す。時間前に店を開かせたことへの詫び料だ。

愛想よく先に立つ女将に案内されて、達哉は敷石を踏んで別棟になっている離れに向かった。見事に整えられた日本庭園のあちこちに、無粋な人影が立っている。数が多いのは、坂下組の者だけではなく、竜崎の側の人間も詰めて警戒に当たっているからだろう。

床の間を背にして竜崎が座っていた。上着を脱いでくつろいでいる。達哉を見て、にやりと笑いかけてきた。

「適当に見繕《みつくろ》って運んでくれ」

達哉が女将に声をかける。にこりと頷いて一度席を外した女将は、すぐに酒と突き出しを持って引き返してきた。

「ご連絡をいただいたときから、板前がすでに準備にかかっております」

愛想よくテーブルを整え、酌《しゃく》をしている間に、小鉢に入った料理が幾つか届き、羹《あつもの》と天ぷらもできたてで運ばれてきた。そして最後に板前がふたり掛かりで抱えてきたのが、刺身を盛り合わせた豪華な舟盛りだった。海が近いこの地は、豊富な海の幸で有名だ。鯛の頭を飾りにして正面に据え、鯛、鮃《ひらめ》、鰤《ぶり》、鮑《あわび》に栄螺《さざえ》、烏賊《いか》など、様々な魚介類が彩りよく盛りつけられていた。

「どうぞごゆっくり」

ひととおり料理を運び終えると、女将は気を利《き》かせて下がっていた。ずっといて欲しい、と達哉は切実に願ったが、そうと弱音を吐くわけにもいかない。

「やれやれ、やっとふたりきりだな、達哉」

にやっと笑った竜崎が、右手にいた達哉に手を伸ばしてくる。女将がいる間おとなしく料理を突つき酒を飲んでいたのは、取り繕っていただけらしい。もっともその間中、視線は片時も達哉から離れようとはせず、執拗に一挙手一投足を見られていたのだが。そうした雰囲気を女将も感じとったのかもしれない。

「よせ」

素っ気なく言って、達哉が身体をずらすと、竜崎はそのぶんずいと間を詰めてくる。逃げれば自分が負けたことになりそうで、達哉は意地でその場にとどまった。

「つれないなぁ。これは懇親会だろ。少しは好意を見せろよ」

わざとらしく竜崎が嘆くふりをする。

「ここに来ただけでも、十分に見せていると思うが」

「足らないぜ」

言ったときには竜崎は達哉の横に来ていて、傍若無人に腰を引き寄せられた。

「よせ、と言っている」

腕を外させようと、手首を握った。力いっぱい引っ張ったつもりなのに、竜崎はびくともしない。それどころか、そのまま胸の中に抱き込まれてしまった。身体が反射的に逃げを打つ。無意識に肘《ひじ》打ちをしかけて、あっさり受け止められた。ぱしっと乾いた音がする。

「危ないなぁ、うちの嫁さんは。急所狙いは反則だ」

「よ、嫁さん?!」

あまりの呼称に声がひっくり返った。

「なるって言ったじゃないか、モナコで」

唖然愕然とする達哉に竜崎が追い打ちをかける。

「言ってない！」

拳を握り締め、力いっぱい否定した。

「いいや、言った。とろとろに蕩かしてやったあとで、言えよと言ったら素直に」

「ちが……っ、あれは」

ぼんやりと思い出す。確かに何かになる、と言わされたことは覚えているが、内容なんてこれっぽっちも……。蘇りそうになった記憶を、慌てて封印した。

「そもそも俺は男だ。どうして嫁さんなどと」

「なんだったら姐さんでもいいが」

「そんな意味で言ったんじゃない」

「まあ、あれだ。俺に抱かれる相手なら、やっぱり嫁だろう。その場合、俺は夫だな」

勝手な言い分に、頭痛がする。俺は日本語を話しているな、と内心で確認しなければならないほど言葉が通じない相手には、どう対処したらいいものか。こめかみを押さえようとして、達哉はまだ自分が竜崎に抱え込まれたままであることを思い出した。

「とにかく、この手を放せ」

「嫌だね」

侮《あなど》られている、とカッとなった。こちらを対等に思っていないから、こんな傍若無人な振る舞いができるのだ。腹に力を込めて竜崎を振り返る。

「俺を挑発して一触即発を狙っているのか。そもそも和睦《わぼく》は嘘なのか」

「嘘じゃないさ。嫁さんと争う気はないしな」

「だからそれが……」

言いかけて、腰の下の不埒《ふらち》な昂りに気がついた。むくむくと成長を続けるそれが密着した腰から伝わってくる。

欲望の対象にされている。

達哉は歯を食い縛りながら抵抗を始めた。一番悔しいのは、一方的なら詰ることもできるが、こっちまで身体を熱くしていることだ。背後に竜崎の逞しい胸があり、フレグランスが微かに鼻先を掠め、感じたくないのに官能を刺激されている。

いけない、このままでは。

とはいえ、部屋の周囲には護衛がいて、こんな中で騒ぎを起こすことはできない。

達哉は無言で竜崎の拘束を振り切ろうと、身体を捩った。

「おとなしくしろって。そっちだって満更《まんざら》じゃなかったろ？　ようやく見つけたのに、逃がすか」

ようやく、見つけた？　では竜崎がここに来たのは自分のためだったというのか。

心の奥をちらりと掠めたもの。悦びにも似たそれを、達哉は抑えつける。

ただの取引に心を揺らされてるんじゃない。油断すればつけ込まれる。小競り合いの和睦をするためにここにいることを忘れるな。

きつく自分を戒めて、待てよ、とふと疑問を抱く。どんな方法で竜崎はここまで辿り着いたのだろう。パスポートには戸籍上の住所しか記載されていない。現住所を特定することは無理なはずだ。

「どうしてここが……」

達哉は軋《きし》るような声で尋ねた。顎を食いしばっていないと、喘ぎ声になってしまいそうなのだ。

「わかったかって？　聞きたいか？」

達哉と違って竜崎は余裕綽々《しゃくしゃく》、たいそう楽しそうだ。

「カジノ側と話をつけて帰ったとき、あんたはいなくなっていた。さすがに呆然とさせられたな。あんたのために奔走したのにと腹も立ったし。だけどホテルの部屋に置かれていたこれを見て、ああ、後を追って欲しいのかと思ったんだ。パスポートやタキシードもちゃんと預かっているんだぜ」

竜崎は懐から取り出した小さな袋を開けて、達哉が代金代わりに置いていったダイヤつきのタイピンとカフスボタンを取り出して見せた。

「これ……？」

「ブランド品の、しかも特注で作らせたものなら、売った先のリストがちゃんと残っているもんだ。それを開示させたのは、俺の腕だが」

「単に脅しただけじゃないか」

うつろな気分で呟くと、目の前で人差し指を振りながら竜崎が窘めてきた。

「そんな夢もロマンもないことは言うんじゃない」

「ロマンって」

そもそもそんなもの、あるはずがない。タイピンとカフスのセットだって、代金代わりに置いただけだ。坂下の見立てであるこれが特注品だったなんて知らなかった。

「後を追って欲しいとも、追えるとも思っていなかった」

力なく本当のことを告げたが、竜崎の耳には馬耳東風《ばじとうふう》だったようだ。首筋に鼻を擦りつけたり、勝手にネクタイを解いたりと、止めさせようとする達哉と一進一退を繰り返している。

「いい加減にしろ。ここをどこだと思っている」

「料亭の離れだ。呼ぶまでは誰も来ないふたりきりの密室」

浮かれたように囁く声は、艶を孕んだ重低音。女なら一発で堕ちるだろうと、思わず納得する、いわゆる腰に来る声だ。達哉自身ぞくぞくっと背筋を痺れが這い上がってきた。

なんとか逃れようとする達哉と押さえつけようとする竜崎の間で、攻防が続いた。

「なんでそこまで抵抗する。もしかして、あの男が原因か」

手をやいた竜崎が不機嫌に詰った。

「男？」

とにかく離せと腰に巻きついた腕を叩きながら、半ば上の空で達哉が聞き返した。

「守谷とかいう、あんたの側に引っついていた男だ。いちいち意味深に見つめ合ったりして、むかついたぜ。俺は嫁さんに浮気を許すつもりはない」

「だから、俺は嫁ではないし、守谷さんも違う」

「守谷、さんねえ」

意味ありげに、「さん」をつけた達哉を揶揄する。普通組織の格下の者にさんなどつけない。

「どうでもいいだろ。あんたには関係ないっ」

坂下組の内部抗争を露呈しかねない話題に、達哉が切れた。怒鳴って、関節技をかけするりと竜崎の膝から逃れ出た。あくまでも抵抗する達哉に、竜崎の眉間に皺が寄る。じわりと滲み出た不穏《ふおん》な気配に、穏やかだった空気が険悪になっていく。

「痛《い》ってえなぁ。素直にこの腕に収まっていればいいのに。凶暴だぜ、うちの嫁さんは」

「嫁じゃない。戯《ざ》れ言《ごと》を言うなっ」

反射的に言い返した達哉に、竜崎の視線が絡む。達哉を見据えたまま、竜崎は口を噤んだ。逆に捻《ひね》られた指をわざとらしく振ってみせているが、顔はにこりともしていない。笑みを消し、闇を映すような鋭い目を向けただけで、竜崎が持つ底知れぬ威圧感がゆらりと立ち上ってくる。

ずんと空気が重くなった。息苦しくなるほど圧迫される。さすがに、本気を出したときの竜崎の重圧感はただごとではなかった。

負けまいと達哉も気力を振り絞る。切れ長の目を見開くようにして、睨み据える竜崎の視線を受け止め続けた。

「やはり、肝が据わっているな」

ふん、と面白くなさそうに竜崎が呟いて、先に視線を逸らした。突っ張る対象を外されて身体が泳ぎかけ、すんでの所で体勢を立て直した。渾身《こんしん》の気力を振り絞らないととても受け止めきれないほどの圧力だったのだ。

肩でひとつ息をついて、達哉は腹を据え直した。これで終わりのはずがない。次はなんだ、と相手を見ると、視線の先に注げとばかりに盃が突き出された。

「せっかくの旨い酒と料理だ。味わわなくては罰が当たる」

何を考えている、と疑いながらも、一応こちらは接待している立場だからと躙《にじ》り寄って酒を注ぐ。

「刺身を取り分けてくれ」

注がれた酒を無造作に飲み干すと、今度は小皿を差し出された。舟盛りから適当に取ろうとすると、

「鯛は避けて、鮑と鰤を。あと、そうだな、烏賊も少しもらおうか」

注文が多いと内心でぼやきながらも、言われたものを小皿に盛りつけた。

「醤油」

目の前にあるのに、自分で注ごうとしない。仕方なく達哉が醤油を注いでやる。目の前に置かれた皿から、竜崎が綺麗な箸使いで刺身を口に運ぶ。満足そうに咀嚼《そしゃく》するのを見ていると、先程の緊張感が嘘のようだ。

「確かに刺身は旨い。評判だけのことはある。俺の地元はマグロが水揚げされるところでな。目の前で捌くのを見物させてくれるんだ。豪快だぞ。本物の大トロもその場で味わえるし」

目を細めて話すのを聞いていると、殺気を孕《はら》んだ睨み合いなどなかったように感じてしまう。

「達哉も食べろよ」

促されて、達哉も箸を取った。

「ほら、酒」

今度は注いでくれた。

このまま水に流すのか？　との思いがちらりと頭を過ぎる。助かったと思う反面、その程度の執着かとがっかりする気持ちも僅かにあった。もちろんすぐに抑えつけてしまったが。

「やくざはな、どんな手段を使っても欲しいものは手に入れるのがポリシーだ」

刺身を突つき、小鉢の和《あ》え物を食べながら、突然竜崎がなんの脈絡もないことを言い出した。達哉は怪訝《けげん》そうに顔を上げる。

「ポリシー?」

酒が入って、達哉の肌は淡い色に色づいていた。白皙《はくせき》に朱が入るとたちまち艶めかしい風情が漂い出し、なんとも言えぬ艶が浮き出ている。それをちらりと見て、竜崎が目を逸らした。

自分もやくざだが、そんなポリシーなど欠片《かけら》もない、と不審顔でいると、

「つまりな、俺のあんたへの執着は尋常ではないってことだ」

「は?」

これも、会話の流れから外れている。どこが「つまり」なんだ。意味が繋がらない。

「脅すっていうのも、ひとつの手段だな」

「脅す……?」

オウム返しにして、達哉ははっと表情を引き締めた。

「つまり、俺を脅す、ということか」

「……わかっているなら話は早い。ここじゃ落ち着かないから場所を移動しようぜ。俺はあんたの絶品な喘ぎ声を、舎弟たちに聞かせるつもりはないからな」

「待て！」

立ち上がりかけた竜崎を咄嗟《とっさ》に止め、達哉は説明を求めた。

「悪いが、何を脅されているのかわからない。いったい俺をどうしたいんだ」

「意外とにぶいなぁ、あんた。簡単に言えば、俺はあんたを抱きたい、おとなしく抱かせろ、だな」

「断る」

「ほらまた。俺は脅すって言っただろう」

そこまで冗談めかして言ったあとで、竜崎はまたもや酷薄《こくはく》な表情になった。目を眇《すが》め、いきなり圧倒的な迫力で押してくる。

「モナコであんたが俺に足を開いたことをばらすぜ。感じまくってアンアン言っていたとな。証拠などなくても、俺の言葉を疑う者はいないだろう。赤っ恥だな、坂下組も。男に尻を貸すやつを若頭に据えるとは」

「な……っ」

どうする、とずいと迫られた。ぎりぎりのところで睨み返しても、竜崎は余裕でせせら笑っている。

「最初から、脅して縛るつもりだったのか」

「いやいや、縛るなどと。おとなしく抱かれていれば、無理強いすることもなくたっぷりと可愛がってやるつもりだったぜ。しかし、そうだな。あんたの肌には縄目も似合いそうだ。専門の縄師を呼んで縛らせてもいいいな」

まるでその光景を思い浮かべているようなにやついた声で言われて、達哉は拳を握り締めた。

「縛るって、そういう意味で言ったのでは……」

言いかけて、達哉はぎゅっと口を閉ざした。今さら、何をか言わんやだ。だが、ほかに道はないとわかっていても決心などできるわけがない。

たった一晩抱かれただけで、忘れられない官能を刻み込まれたのだ。もしこのまま何度も身体を合わせることになったら、自分はそれなしでいられなくなる。男としてピンで立っていられなくなる。

混乱したままそこまで考えたとき、達哉は、自分がこの男に抱かれること自体を嫌悪しているのではないと気がついて愕然とした。

嫌ではない。それどころか、身体の奥に、期待めいたものがじわりと芽吹《めぶ》いている。

そんな手軽な男だったのか、俺は。情けなくて涙が出そうだ。

ぎりぎりの運を賭けるためにモナコに渡った。危機を回避してあの地から逃れたことで、覚悟も定まった。これからは目的を見据えて進めばいいと思った矢先だったのに。

目の前の男は一度口にしたことは、メンツにかけて実行するだろう。嫌だと断れば、彼は容赦なく自分の恥部《ちぶ》を暴く。だが一方、脅されて従ったら、快楽で身体は天国を味わうとしても、自らの誇りを失うことになる。

どちらを選んでも、悔いが残るだろう。そんな選択を強いる竜崎に憎悪が湧き上がった。

「覚悟が決まったようだな」

黙って達哉の表情の変化を見ていた竜崎が、穏やかな声をかけた。わかり切った結論に、もはや凄む必要も感じないのだろう。

「ああ」

達哉は迷いを払った目で、竜崎を見た。

「申し出は、断る」

「なんだと?!」

達哉が拒絶するとは、夢にも思っていなかったらしい竜崎が目を剥いた。

「俺は、やると言ったことはやるぞ」

凄みを帯びた声で言い放つ。

「そうだろうな」

頬を引き攣《つ》らせて、達哉は竜崎の言葉に頷いた。

「噂は噂を呼ぶ。極道仲間の集まる席であんたは軽蔑の視線に晒され、メンツは丸つぶれだな。誰も相手にしなくなる」

「それでも、この先ずっと脅されて抱かれるよりはいい。それに毅然《きぜん》と顔を上げていれば、噂はいつか消えるものだ」

静かな決意を秘めた声に、竜崎が苛立ってテーブルを叩いた。

「思った以上の肝の据わり具合だ。ますます気に入ったぜ。だがな、俺は極道だ。拒絶されて、はいそうですかと引き下がるつもりはない」

言い捨てて立ち上がると離れの障子を力任せに開け、「槙島」と名前を呼んだ。男がひとり近づいてくる。気に入ったと言いながら、乱暴な動作からは、隠すことのできない竜崎の怒りが伝わってきた。

槙島とは、確か竜崎の下で参謀をやっていると聞いた……。

「何か」

灯《あか》りの下で見た槙島は、眼鏡をかけた一見エリートふうの男だった。

「上がって来い」

呼び入れて、槙島が室内に入るとぴしゃりと障子を閉じた。

「本当はここで無理強いする予定ではなかったが」

「予定外の行動はしないほうがいいですよ。どうせ後悔するだけだから」

しらっとした口調で言う槙島を、達哉は不審そうに見た。この口のききかたは、配下というよりはもっと対等の……。

気を散らしていられたのはそこまでだった。

素早い動作で竜崎が膝をつき、油断していた達哉の顎を掴むと、口にハンカチを押し込んできたのだ。

「う……っ」

抵抗する間もない早業《はやわざ》で、慌てて竜崎の手を払い除けようとしたが、その腕をねじり上げられた。

「押さえていろ」

低い声で命令された槙島は、やれやれというように肩を竦めていたが、命令には忠実に従った。達哉の両手を背後で拘束する。

「暴れると面倒だ。縛っておけ」

「そこまでしますか」

「うっ、んんっ」

口からハンカチを押し出そうと、首を振って悶える達哉を、ふたりがかりで完全に押さえ込み、首から引き抜かれたネクタイで手首を縛られた。バランスを崩して倒れかけたところを竜崎に引き戻され、背後に槙島が座って倒れないように支えた。

何をされるのかと、達哉はまだ自由な足で蹴りつけたり、身体を捩って拘束を振り解こうと足掻いていたが、竜崎は上着をはだけベストのボタンを外していった。

「ううっ」

やめろと言いたいのに、口に余計なものが押し込まれているから言葉にならない。ウエストからシャツの裾を引き抜いて、竜崎が手を突っ込んでくる。胸の中央にあるささやかな突起を、いきなり抓《ひね》り上げられた。

「ううー、うっ、うっ……」

口を塞がれていなければ、達哉の喉から迸ったのは嬌声だったろう。竜崎の乱暴な愛撫は、達哉に痛みと同時に快感をもたらしたのだ。自然に胸が突き出し背も仰け反ってしまう。

ようやく突起から手が離れ、達哉が息を荒らげながら竜崎を睨みつけても、相手は唇の端でせせら笑うだけだ。しかも、竜崎の蹂躙はそれだけでは終わらなかった。

シャツの中に突っ込んだ手が卑猥に動き始める。見えないからこそ、その動きはいやらしく映る。肌をまさぐられ、ゾクゾクと悪寒が走る。もう一度突起に指で触れ、わざと抓ったり指の間で揉み込んだりされて呻かされたあと、無情にもベルトに手がかかり、ファスナーをするすると下ろされてしまった。一度快感を覚えた肌は弱い。胸を弄られただけで、昂りはすでに反応を示して強張り始めていた。

これくらいで感じるなんて、自分が信じられない。羞恥と屈辱で、脳内は怒りではち切れそうになっているのに。いったいどこに快感が入る余地があったのか。しかも竜崎だけでなく、槙島も側にいてこの有様を見ているのだ。

「心配するな。全部は脱がさないさ。俺も、あんたの肌を槙島なんかに見せるのは不本意だからな」

「槙島なんか、とは失礼な」

こんなときにも茶々を入れる槙島を無視して、竜崎は下着を掻き分け、半勃ちの達哉自身を引っ張り出した。やめろと睨んだ達哉に獰猛な笑みを見せると、わざとらしく擦り上げた。人の手を感じて、達哉の欲望は素直に膨らんでいく。数回擦るだけでマックスにまで膨張した達哉に、竜崎が冷笑した。

「溜まっていたみたいだな。女はどうした。自家発電もろくにしていないのか？」

嘲《あざけ》っている間も、竜崎は昂りを揉み込み、先端に淫らな悪戯をしかけている。敏感なそこに爪を立てられては堪《たま》らない。奥から一気に込み上げてくるものを堪《こら》えようと、達哉は口に押し込まれていたハンカチを必死で噛み締める。

こんなところでイくわけにはいかない。と精一杯の意地を張り、呼吸を荒くしながらもぎりぎりで踏み止まっていたが、竜崎が達哉の上着から携帯電話を取り出すのを見て、青ざめた。

上半身は服装を乱され、下半身は一部を露出させられて、淫らにそそり立つモノが突き出している。しかも先端には卑猥な液を滲ませているのだ。これを写真に撮られたら、意地も威厳もあったものじゃない。

「いい眺めだな」

言いながら、竜崎は容赦なく達哉の痴態を写し取った。達哉は苦々しい思いで顔を背ける。

「ほら、見てみろ」

と達哉が頑なに逸らしていた顎を、万力のような力で掴まれた。強引に携帯の画面の前

に顔を固定される。それでもぎゅっと硬く目を瞑っていると、

「あんたが見たくないんなら、ほかの奴らに見せるとするか」

低い声で恫喝《どうかつ》された。

そのときだった。庭に面した障子に人の気配を感じて、ぎくりと身体が竦み上がった。

「失礼します。若頭、大丈夫ですか？」

守谷がつけた舎弟のひとりだ。竜崎が身内を引き入れたので、気にして声をかけたのだろう。達哉は恐怖の眼差しで、障子を見つめた。竜崎がここを開ければ、終わりだ。

達哉は竜崎の出方を探るように顔を向けた。じっとこちらに目を向けていた竜崎と見つめ合う。

「開けるか？」

尋ねられて、咄嗟に首を振る。

「そうか」

屈服した達哉に満足したのか、竜崎は口に詰め込んでいたハンカチを取り除いてくれた。

「大丈夫だと言ってやれ」

ひとつ息を吸い込んで、達哉は干上がった喉から声を押し出した。

「心配ない。配置に戻れ」

「はい、失礼しました」

障子の外の人間は、達哉の声を聞いて安心したようだ。気配が遠ざかっていく。

竜崎も、押さえつけていた槙島も、障子の外に気を取られ、一瞬達哉から注意が逸れた。

今だ！

達哉は、激しく身体をのたうたせ、槙島の拘束を撥ね除けた。

「お……っ」

そのままの勢いで竜崎に体当たりする。その勢いに一度は身体を揺らした竜崎は、槙島に「何やってんだ」と舌打ちして達哉の腕を捕まえた。槙島は苦笑しながら暴れる達哉のもう一方の腕を取り、一緒になって押さえつけた。

「なんとまあ、諦めの悪い」

呆れたように言って、竜崎は後ろから羽交い締めにされた達哉の股間に視線を据える。

「それにしても凄い眺めだな。あんたが暴れると、そこが一緒にぶらぶらと。起き上がりこぼし、みたいな？」

からかうような言い方に、達哉はかあっと全身茹だったように赤くなった。晒されている肌すべてが薄赤く色づき、眦までも羞恥で薄く染まっていながら、目だけは眼光鋭く竜崎を睨みつける。それがいっそう加虐心《かぎゃくしん》をそそるとも思いもせず。

「さて、これが最後だ。俺に従うか、それとも……」

達哉は奥歯をぎりぎりと噛み締めた。悔しさと憤りで全身が震える。もし目で相手を射殺せるなら、この瞬間竜崎は、心臓を打ち抜かれて倒れていたことだろう。

無言で睨む達哉に、竜崎の指が携帯を操作する。そしてわざとゆっくり送信ボタンに触れながら、思わせぶりに達哉を見た。

「これを押せば、まさに回状だな……」

わざとらしく見せびらかし、決断を迫る。緊迫した数秒のあとで、達哉ががっくりと項垂れた。張りつめた意地が、折れた。

弱々しく首を振り、やめろ、と呟く。

「おとなしく、俺のものになるな」

竜崎が確認すると、達哉は目を伏せたまま微かに頷いた。

「俺が呼びつければ、いつでもどこでも、だぞ」

追い打ちをかける竜崎に、一瞬達哉が顔を上げて厳しい眼差しを向ける。しかしすぐにまた顔を背けて、無言で頷いてみせた。

思い通りになったはずなのに、竜崎は不満そうに舌打ちし、

「放してやれ」

と苦い口調で槙島に言った。

「こんなやり方では……」

何やら苦情を言いかけた槙島を、竜崎が視線で黙らせる。

それから乱れたままの達哉の服を手早く直すと、手ぐしで髪の毛まで整えられた。後ろ手に縛っていたネクタイを外し、首に回して改めて結んでくれようとする。

「いい」

それを首を振って断った。皺だらけになっていて、今さら使えない。竜崎の手から乱暴にネクタイを毟《むし》り取ると、ポケットに押し込んだ。

ふっと笑った竜崎が、かいがいしく上着まで着せかけてくれ、思わせぶりに携帯を胸ポケットに落とし込んでくるのを、拒む気力もなかった。

「いつまで俺を拘束する気だ？」

「今のところ、無期限としておこうか。俺は物持ちがよくて、一度手に入れたものは愛《め》でて可愛がって懐にしまい込む質《たち》なんだ。簡単に解放されると期待しないほうがいい。さて、行くか」

立ち上がると達哉の腕を掴んで引き起こす。ざっと全身を見て、今の攻防の跡が残っていないのを確認すると、

「いつ見ても、いい男だ。特に今は、艶が滲み出ていて罪作りな顔をしている」

軽く肩を叩き、先に立って離れから出ていった。

「すみませんねえ、うちのおやじはけだもので」

残っていた槙島が背後から声をかけるのを聞いて、ぎくりとする。自分はこの男にも痴態を見られたのだ。

「心配しなくても、口は堅い方ですから」

それでも見ていた事実は消せない、されたことも。殺してやりたいほどの屈辱感に唇を噛み締める。

「おい、何をしている。早く来い」

ついて来ない達哉に焦《じ》れたのか、廊下の向こうから竜崎が呼んだ。

その声にゾクリと身体が疼いた。記憶が快感中枢を刺激したのだ。押し殺そうとしても、あの声で嬲られ感じた記憶が、達哉を捉えて離さない。

どうなっているんだ、俺の身体は。脅迫する卑怯な相手にも欲情するのか。そんなに節操なしの身体をしていたのか。

後に従いながら、達哉は湧き立つ自己嫌悪に拳をぎゅっと握り締めた。

女将に見送られて玄関先に立つと、達哉は待機していた自分の運転手と舎弟を呼び寄せ、

「意気投合したからもう少しつき合うことにした」

と告げて帰宅させた。ドアを開けたまま待ち受けている竜崎の車に、強張った表情のまま乗り込む。守谷には立場上直接電話しなければならないのだが。

取り出そうと携帯に触れた手は、火傷したように離れていった。

今この携帯のメモリーには、自分の痴態を収めた映像が入っている。それを消去するまでは、使用したくない。竜崎の前で、ちまちま機械を操作して映像を消すような無様さを披露する気もない。

広い後部座席で、そっぽを向いたままことさら竜崎とは距離を置く。

竜崎はそんな達哉を咎めるでもなく薄く笑うと、腕組みをしてゆったりと背凭れに身体を預けた。満足しているはずの顔は、眉が寄せられていて、そこはかとなく不機嫌さを漂わせていた。

竜崎の住まいは、高級マンションの最上階にあった。といっても、普段はこの地域にいるわけではないから、別宅扱いになるのだろうか。それにしてもただの仮住まいにしては豪勢なものだ。

広々した玄関やリビングダイニングを見ながら、達哉は苦々しい感情を抑えきれなかった。揃えられた家具もイタリア製の最高級のものだ。同じ極道でも、立場が違う。全国組織の東和会若頭という背景を持つ竜崎との格の違いを、見せつけられた気がする。

リビングのソファに手を置いてぼんやりとあたりを眺めていた達哉は、

「どうした、バスルームはあっちだぜ」

と後ろから声をかけられて、びくっと肩を揺らした。驚いた自分に腹を立てる。先に入っていろと言われたから、ドアの外で槙島に何か指図していた竜崎を置いて靴を脱いだのだ。当然あとから彼が入ってくるのはわかっていたのに。

怯えたと思われては矜持に関わる。屈服はしたものの、這い蹲ったりはしない、と深く決意している達哉は、これ以上僅かな弱みも見せたくない。

「ああ」

感情を消した顔で、示された方へ足を踏み出した。とその頑なさを感じ取った竜崎が、いきなり強引な行動に出た。腕を掴まれて引き寄せられる。硬い胸板にぶつかって強く抱き込まれ、息が押し出された。

「達哉」

歯ぎしりするように名前を呼ばれ、ことさら冷淡に見上げたところで唇を奪われる。まさに、奪われると表現するしかない激しさだった。呼吸もままならない状態で、唇全体に嚙みつくようなキスを見舞われる。

「いや……だ…」

相手の舌が容赦なく入ってきて、無意識に逃れようとした舌を絡め取られた。きつく吸われて痛みが走る。絡め取られたまま引き寄せられた舌は、今度は竜崎の歯に捕まった。

「……っ！」

そのまま噛み千切られるかと思うほどの力で、歯を立てられる。痛い、と顔を顰《しか》め、逃れようとしたら、さらに歯が食い込んできた。血が出るほど噛まれたあとは、舌で嬲るように撫でられる。

痛みから解放されてほっとしたところを、今度は口腔中に舌を這わされた。唾液が溢れ、飲み込みきれないまま唇の端から零れ落ちる。それを察した竜崎が舌先で追いかけ、顎に届く前にぺろりと舐め取った。

一瞬だけ解放された隙に、慌ただしく息継ぎをしていると、また唇を塞がれてしまった。音を立て角度を変えて貪るように口づけられていると、自分が脅されてここにいるのか、それとも望まれてここにいるのか、次第にわからなくなっていく。キスの激しさから、竜崎の渇望がダイレクトに伝わってくるせいだ。

片腕で達哉をしっかりと抱き寄せた竜崎は、空いているもう一方で忙《せわ》しなく達哉の身体を探った。項を擽り背中を撫で回し、シャツの上から胸を弄る。先ほど触られたせいで敏感になっていた乳首を、爪の先で弾きぎゅっと押し込んできた。つきりと走った痛みは、同時に快感も呼ぶ。

竜崎が達哉の尻を掴んで引き寄せ、自分の腰に押し当てた。すでにふたりとも昂ぶっていて、その熱さに喘ぐような息が漏れる。

「ん、ふ……っ」

自分の耳を塞ぎたいような、艶めかしい吐息だった。卑猥に腰を回されると、触れ合ったところはますます硬くなって、疼くような熱を発する。背筋を快感が伝い上がり脳に達して、含んだ熱でじりじりと快感中枢を炙り立てる。

「あっ、い……」

料亭で施《ほどこ》された愛撫の余韻が残っているせいで、達哉の身体は意志に反してあっという間に上り詰めていく。意地だけは捨てない、と固く決心していたのに、絶え間なく湧き上がる疼きに絶えかねて、自分からさらに強く腰を押しつけていた。一瞬の迷いにすぐさま引こうとしたが、竜崎は捉えて離さない。

「嫌だ、放せ……」

「こんなになっているのに?」

竜崎が嘲るように腰を擦りつける。硬くなった昂りが触れ合って、痺れるような快感が走った。脳の隅々までを悦楽が支配していく。そのまま唇を塞がれると、蕩けたような理性は歯止めにならず、無意識に舌を差し出していた。

舌先で厚みのある唇を舐め回す。ときおり竜崎も舌を出してきて、戯《たわむ》れるように触れ合うとすぐに引っ込めてしまう。もどかしさにいきなり両手で相手の頭を抱え込み、唇を強く押し当てて開かせた。こちらから舌を進入させ、絡め取って自分の口腔内に引き入れる。舐《ねぶ》り回して夢中で貪っていると、竜崎は達哉の上着とベストを脱がせ、シャツも剥ぎ取った。直接胸を撫でられて、凝《しこ》っていた胸の粒がさらにピンと突き立った。両方の指で捏《こ》ねられ引っ張られ、ぞくぞくするような快感が走り抜ける。

「ああっ」

堪らずキスを貪っていた唇を離して声を上げた。屈み込んだ竜崎が、乳首の一方にむしゃぶりつき、強く吸引されて膝の力が抜けた。かくっと頽《くず》れそうになった腰を抱かれ、後ろに押される。壁に突き当たると、凭れていろとばかりに手を離され、背中を押しつけるようにしてがくがくする膝を必死で踏みしめた。

竜崎は口に含んだ乳首をかわるがわる甘噛みしながら、後ろに回した手で尻を揉んでいる。ときおり狭間に忍び込んだ手に、布越しに撫でられるのが堪らなかった。背後から差し込まれた長い指が、蕾《つぼみ》からふたつの袋に伸び、さらにその前にも触れてくる。

「うっ、あぁ……」

足りない。こんな生殺しみたいな触りかたでは。もっともっと欲しいと身体をくねらせるしかない。

「欲しいか……」

竜崎も達哉の痴態に引きずられているようだ。喉に引っ掛かるような声で、言え、と促してくる。

「欲しい」

達哉は頷いて、快感で潤みかけた瞳を開いた。竜崎を正面から捉える。

「どこに、欲しいんだ」

まだ言わせようと竜崎はもったいぶって聞き返すが、声は欲情のあまり掠れていた。達哉は竜崎の指を掴むと、躊躇うことなく腰の奥に触れさせた。

「ここに、欲しい……」

吐息のような声で懇願する。懊悩も屈辱も、無理強いされているのだという意識もどこかに蕩けて消え、今はただ膨れ上がる欲求に焦れていた。それでも竜崎がこちらを貶《おとし》める抱き方をしているのなら、まだ理性の保ちようもあっただろうが、ひたすら求められれば共に濁流《だくりゅう》に呑み込まれていくしかない。

竜崎が達哉のベルトを外した。ホックを外しファスナーを下ろすと、スラックスがすとんと下に落ちた。続いて下着も引き下ろされる。

「足を、上げろ」

跪《ひざまず》いた竜崎が軽く腿を叩いた。達哉は言われるままに片足ずつ持ち上げて、完全に邪魔な布を脱ぎ捨てる。全身薄赤く色づいた身体は艶めかしい。柔らかな恥毛から突き立つ熱塊は蜜を滲ませ、胸の凝《しこ》りは舐められ吸われたせいで赤く熟《う》れていた。

匂い立つような官能をまとって立つ自分に、どれだけ竜崎が昂らされているのか、全く念頭にはない。ひたすら自らの快楽を追い求めるのみ。竜崎の手を改めて胸に導き、腰を押しつける。

「はや……く、触って」

濡れた眸で誘いかけると、竜崎はぶるりと身体を震わせた。

「くそっ。俺が煽られてどうする」

吐き捨てるように言うと、いきなり達哉の腕を引いて大股でリビングを横切った。ドアを開けると部屋の中心に置かれたクイーンサイズのベッドに達哉を突き放し、慌ただしく自らも服を脱ぎ捨てた。

重い身体が被さってくると、直に触れ合ったそこここから、ちりちりと火花が散る。達哉は竜崎の肉厚の背を抱き締める。自ら足を広げ、逞しい身体を腿で挟み込んだ。共に勃ち上がって快楽の証を示している熱塊がぐりっと触れ合うと、突き抜けるような快感が走った。

「ああ、いい……」

どくりと昂りの先端から蜜が溢れ茎を伝う。その感触までが快感に結びつく。竜崎が腰を擂り合わせ、互いの漏らした蜜が淫らな水音を立てた。耳に届くそれが脳髄《のうずい》を痺れさせる。

「もっと」

触れるだけでは、イけない。直接触ってくれと達哉が訴えると、竜崎は一瞬強く抱き締めてから、するすると身体をずらし、達哉の昂りに唇を押し当てた。

「やっ、そうじゃ……な…、あっ、やぁ……」

すっぽり呑み込まれて、制止するつもりが艶やかな啼き声になった。舌でいいように舐められると腰が自然に浮き上がる。竜崎にそこまでさせてはいけない、と止めようと思うのに身体は快感に喘がされて、ろくに言葉を紡《つむ》げない。漏れてくるのは意味不明の嬌声ばかり。

「んっ……、ぁ…、や……っ」

側面を舐め上げられ、カリの部分にそっと歯を立てられて、最後は敏感な先端を舌で押し潰された。竜崎がそのまま吸い上げていたら、マグマのような奔流に押し上げられて放っていたところだ。

イく寸前で解放されて、胸を喘がせながら息を継いでいると、上半身を起こした竜崎が、膝を進めてきた。達哉の腰を持ち上げるようにして膝に乗せ、さらに大きく足を開かせる。濡れそぼった昂りも、快感を欲してあえかな開閉を始めている秘められた蕾も、晒け出すポーズを取らされて、達哉は反射的に足を閉じようとした。

「隠すなっ」

それをぴしゃりと腿を叩かれて止められる。

「俺のものだろ。隠さずにすべて晒してみせろ」

滴るような色気のある声でねだられる。命令のように聞こえる言葉も、熱を孕んだ眼差しと、蕩けるような響きの声で、ただの睦言《むつごと》に変わってしまう。

達哉はもじつかせていた腰をぴたりと止めた。ゆるゆると膝を立て、両手を伸ばすとさらにそれを抱え込んだ。

「これで……?」

いいか、とはさすがに言えなかった。普段でも艶めいている切れ長の目が、眦《まなじり》あたりにぼうっと朱を掃き、震《ふる》いつきたくなるような色っぽさだ。

「たつ、や」

我慢できないと、竜崎が手を伸ばす。昂りから零れ落ちる蜜を指で掬っては、後ろの蕾に運ぶ。全然足らないとわかると、自らの舌で唾液を送り込んだ。舐め解き、指で挫《くじ》き、達哉を呻《うめ》かせる。快楽を記憶している蕾は、試しに差し入れた竜崎の指をおいしそうに呑み込み、放すまいときゅっと締めつける。二本の指で中を挫かれ、次は三本まとめて押し込まれた。

入り口はまだ硬くすぼまっていたが、奥は熟れて熱を帯びた襞が蠢いていた。

「中はいいんだ、中は」

竜崎が焦る心を無理に抑えるかのように、頑なに口を閉ざしている入り口を、根気よく広げていく。

「も、いいから……」

来て、と達哉は竜崎に懇願する。準備が必要なことはわかっているが、これ以上我慢できない。放り出された前方は、奥の弱みを突かれるたびに夥しい白濁を零し続け、達哉は自身の指で握り締めてイくのを堪えていた。それももう限界だ。

「頼むから」

誘う眼差しに迷いながら、竜崎が昂りの先端を蕾に押し当てた。綻《ほころ》びるのに時間がかかったそこは、竜崎の大きさにはまだ十分ではなかったが、懸命に口を開いて健気《けなげ》に受け入れようとしている。しかし、

「うっ、あぁぁ……っ、あっ」

灼熱の杭を打ち込まれた達哉は、限界まで身体を仰け反らせて苦痛に耐えた。太い部分を呑み込むまで、息を詰め、冷たい汗を滲ませて竜崎に爪を立てる。快楽の記憶はあっても、それからかなり時間が経っている。身体が異物を拒み、苦痛を増しているのだ。

「息を吐け、達哉」

竜崎が、じわじわと腰を押し込みながら、萎えかけた達哉の昂りに手を添える。快感を取り戻させようと揉み立てた。

苦痛の中に、一瞬だけ愉悦が交じった。

「はっ……、ぁ……」

竜崎は腰を止め、達哉の快感を蘇らせるほうに集中した。昂りを擦り上げ、先端を指で刺激する。

「んっ……」

今度は明らかな吐息だった。さらに胸の粒に指を伸ばして押し潰すと、達哉が詰めていた息を吐き出した。同時に強張っていた身体から、ふっと力が抜けていく。竜崎の昂りがずるずると内部に吸い込まれていった。奥の襞は、頑なな入り口とは打って変わり、竜崎の太い杭を優しく迎え入れた。温かな滑りで囲い込み、ひたひたと締めつける。

「うっ」

竜崎があまりの心地よさに息を吐いた。吐息が耳朶を掠め、達哉がうっすらと目を開く。自分の上に覆い被さっている竜崎の快楽で歪んだ顔を見て、

「動けよ」

挑発するように口許《くちもと》に笑みを浮かべた。一緒に果てを目指そうと誘いかける。脅迫に屈した屈辱も、セックスに堕ちた自己嫌悪も、身体を渦巻く快感の先を求める欲求にすべて溶かされていた。

どんな手段を使ってもこの俺が欲しかったのなら、いいだろう、今だけは限界まで味わえ。

ぎりぎりのところで開き直った達哉は、自ら腰を蠢かし、中を絞り上げて竜崎をさらに呻かせた。

「く……っ」

啼かせるほうが好みであろう竜崎が、出すつもりのなかった自身の呻きに苦笑いする。

「余裕だな、そんな余裕などなくしてやる」

しっかりと腰を掴み直し、最奥に到達していた杭を引き抜き始める。入り口の手前まで引き出してから、一息に奥まで突き進んだ。ゆっくりと刻み始めた律動は次第にリズムに乗り、何度も抽挿を繰り返すたびに、達哉の弱みを突いていた。

「あぁっ」

さらに達哉を追い詰めようと、中途半端なところで止まったそれが小刻みに周囲を刺激して、突き止めた弱みをぐいと抉る。達哉は戦慄《おのの》く指で竜崎にしがみついた。

「よ、せ……っ。あうっ……」

「もっと啼けよ」

長いストロークで出し入れを繰り返しながら、ときには大きく腰を回してグラインドさせ、達哉の別の弱点を探し当てる。

「や、……そこ、は……、あっ」

胸の粒に爪を立てられ、蜜を零すまで回復していた昂りは腹と腹の間でもみくちゃになり、そして腰の奥から立ち上がる悦楽。三点から一斉に押し寄せる快感で、達哉は息を切らしながら頂点に押し上げられた。

「いやぁぁぁぁ……っ」

仰け反り息を止め、激しく身体を震わせながら、達哉は白濁をぶちまけた。激しく飛び散った蜜は顎のあたりまで到達していた。びくびくと痙攣する身体は、竜崎をも巻き込み、最奥に夥しい蜜液をかけられて惑乱する。身体の奥を生温かい液体が濡らし、じわりと広がる蕩けるような快感は、達哉を長く悦楽の頂点に留め続けた。

息が苦しくて喘ぐように呼吸する。胸がどきどきと高鳴っていた。重なった竜崎からも速い鼓動が伝わってくる。ずしりと重い身体も汗も、フレグランスと入り混じった体臭も決して嫌なものではなかった。脅されてであろうとなんであろうと、互いの身体の相性はよすぎるほどいい。これで抱かれたくはなかったんだと言っても、失笑されるだけだろう。それでも達哉は、できればこの快楽を二度と味わいたくなかったのだ。

その気持ちを竜崎が踏みにじった。

脅迫に屈した理性が蘇ると、胸の奥から憤怒《ふんぬ》と屈辱が湧き上がる。快楽を極めただろうと詰られても、それとこれは別の話だ。許せるわけがない。

竜崎がずるっと昂りを引き抜いた。塞いでいたモノが去って、腰の奥から竜崎が放った白濁が零れ出す。

「……ぁ」

その異様な感覚に、達哉は眉をひそめた。

「いい眺めだ、ぞくぞくする」

竜崎は広がったままの達哉の後孔に指を入れ、左右に引っ張った。奥から溢れる液体がさらに増えて、とろりと腿を伝う。

「よせ、悪趣味だ」

止めさせようと伸ばした手は簡単に振り払われ、

「綺麗にするだけだ」

と白濁を掻き出す振りで愛撫されてしまう。達したばかりで敏感なのは表面の皮膚だけではない。奥の襞も、挿れられた指を認識すると再びざわめき始めた。

「くっ……うぅ」

さあっと鳥肌が広がっていく。さざ波のようなそれは、新たな快感の先触れだった。奥をくつろげる竜崎は、これ以上感じるまいと歯を食いしばった達哉のようすを見ながら、ゆるゆると指を抜き差しする。自らが放った液体で濡れた奥は、喰い締めるものをなくして緩やかに収斂《しゅうれん》しかけていたが、新たな刺激に再び活発に蠢き始めた。

「もう、やめてくれ」

とうとう達哉が弱音を吐いた。何度もされては腰が立たなくなる。周囲に気づかれるわけにはいかないのだ。あたりまえの顔をして組へ帰るには、ある程度普通に動けなければ困る。

「やめてもいいのか？」

指を引き抜いた竜崎が、半ば勃ち上がっていた達哉のモノをピンと弾いた。

「うっ、は、ぁ……」

思わず息が零れ、昂りがふるりと揺れた。

「さ、わるな」

達哉が竜崎の指を払い除けた。おとなしく手を引きながら、竜崎がにやりと笑う。

「仕方ないか。長く続けるためには我慢も必要。ま、次に期待するとしよう」

思わせぶりに言うと、身軽に起き上がって部屋を横切った。平気で全裸を晒す竜崎の、見せびらかすような筋肉の張りに思わず視線を引き寄せられて、慌てて目を逸らす。

ドアを開けっ放しで出て行ったかと思うと、まもなく水音が聞こえてきた。バスタブに湯を溜めているようだ。

「起きられるか？」

相変わらず全裸のまま戻ってきた竜崎が、手を差し伸べてくる。目のやり場に困りながら一度はそれを拒み、しかし、腹筋で起き上がろうとして走り抜けた痛みに思わず突っ伏してしまった。

「無理をするな」

満足そうに笑って腰をかがめた竜崎に、達哉はきつい目を向けた。

「どうしてそんなに嬉しそうなんだ」

「そりゃあ、自分のせいで腰が立たなくなったなんて、男冥利《みょうり》に尽きるじゃないか」

「……俺も男なんだが」

むかついて低い声で言い返すと、僅かに目を瞠った竜崎は次の瞬間吹き出していた。

「誰もあんたを女だとは思わないさ。ここに立派な持ち物はあるし？ 滑らかな肌は綺麗だが女のような柔らかさはない」

するりと股間を撫でられ、その手でさらに胸や腹をさすられた。埋み火がちろちろと燃え上がりかける。

「よせ……っ」

「これでも一応自制しているんだが。触ると手放せなくなって困る。それほどあんたの肌が極上ってことだ」

「別にありがたいとは思わないな」

男への褒め言葉じゃないだろうと素っ気なく返し、

「ところでそっちはいつまで裸でいるつもりだ。慎みがあるなら何か着たらどうだ」

とつけ加えた。

「今から風呂に入るのにわざわざ？」

面倒だと首を振られれば、それ以上何も言えなかった。ただ自分は、恥ずかしげもなく裸で闊歩《かっぽ》する気はない。そもそも、見せびらかせる身体ではないし。

思わず自嘲が漏れる。

合気道で鍛えた技や体力にはそこそこ自信はあるが、なにしろ見かけがすらりと細身で筋肉もつきにくい体質だったことが災いした。若頭を受けても完全に人心を掌握できないのは、筋骨逞しい、いや、贅肉《ぜいにく》だらけの見かけ倒しな岩田より、力において劣っていると見られているせいだ。侮られている……。

岩田とサシで勝負をつければ、倒せる自信はあるが、端《はた》からはそうは見えないのが悩みの種だ。

竜崎の手を借りて身体を起こしたとき、ついでのようにベッドの下に手を伸ばし、落ちていたシャツを拾い上げた。袖を通し素肌が隠れると、少しほっとする。

立ち上がろうと足を下ろすと、どうも膝が頼りない。

達哉は目の前の竜崎を見上げた。無駄に精力に溢れている男を見ると、彼我《ひが》の体力差をしみじみ考えさせられた。

「どうした、歩けないか？」

気にかけてはいるが、同時に楽しそうでもある。

「歩ける」

張れる意地は張る。達哉はがくがくする膝に力を入れてなんとか立ち上がった。先ほど竜崎が出て行ったドアを目指す。

「どうせ脱ぐのにシャツを着なくても」

竜崎の呟きには耳を塞いだ。

最初はぎこちなかったが、動いていると次第に身体も慣れてきた。そもそも歩けないのでは困るのだ。バスルームに辿り着くとほっとした。

改めてシャツを脱ぎ捨て、軽くシャワーを浴びるとバスタブに身体を浸した。全身を取り巻くやや温《ぬる》めの湯が気持ちいい。不自然な格好で曲げられて痛みがあった腿も、湯に浸っていると強張りが消えていく。男同士の情交は、受ける側には大変な負担が伴うものなのだとしみじみ思った。

挿れる方はそうでもないようだが。

ちらりと見た竜崎は、昂っている股間を隠しもせず、シャワーを浴びながら髪を洗っていた。きっちり筋肉に覆われた身体をシャワーの湯が伝い落ちていく。どこもかしこも精力があり余っているような逞しい身体つきだ。

「運動、何かしているのか？」

三十半ばの竜崎が、何もしないでこれだけの身体を維持できるはずがないと聞いてみると、忙しさの合間を縫《ぬ》ってジムに通っているという。

「やくざは身体で勝負、だからな」

まさにその通り。無駄かもしれないが、もう一度自分もジム通いをしてみるか。それとも道場に出向いてもいいし、と考えたのを、まさか察したのでもあるまいが、

「あんたは今のままでいいぞ。力仕事を嫁さんにさせる気はないからな。それにあまり筋肉だるまになったら抱き心地が」

「……っ、ばか」

顔だけこちらを向けて言い放つ男に、思わず湯を跳ねかけていた。

何が嫁さんだっ。脅迫して無理強いしておいて。

ぎりっと歯ぎしりをして、気持ちを抑えるために大きく息を吐く。

シャワーで泡を流し終えた竜崎が、バスタブに入ってきた。男ふたりでも十分入れる大きさではあったが、竜崎の体積に湯がざざっと溢れていく。

あたりまえのように背後から伸びた腕が達哉を捉え、膝の上に抱え込まれた。肩から項に鼻先を擦りつけ、すりすりと胸や腹を撫で回し、

「これだこれ。この肌の張り具合、触れると気持ちいいほどの滑らかさ。それにいい匂いがするし」

勝手な感想をほざいては悦に入っている。

背中に感じる揺るぎない胸や、触れ合う肌の感触は心地いい。疲れた身体が、休息を求めて凭れ掛かろうとしたがるのを、無理に強張らせている。振り切ってバスタブを出ないことが、達哉のぎりぎりの譲歩だ。

感情が表に出にくい整いすぎた顔や、饒舌《じょうぜつ》ではないこともあり、気持ちを露にすることは苦手だった。取っつきにくいだの、見下しているだのとよく言われたものだ。それが竜崎に対しては、感情の乱高下《らんこうげ》が甚《はなは》だしい。いちいち気持ちを掻き乱されて、遠慮なく言葉をぶつけ、腹を立てている。

この男は自分にとってなんなのだ。ただの卑劣な脅迫者と思いたいのに、いったん屈服させたあとは愛おしむような素振りを見せるから、戸惑わされる。バスタブにゆったりと背を預け満足そうに達哉を抱え込んだ竜崎と、その胸に凭れ掛かって弛緩している自分。まるで恋人同士のようだ。

達哉は自分に膝を折らせた竜崎のやり方を思い返して、怒りを奮い立たせる。

これでいいはずがない。許してはいけない。

けれども立ち上る湯気が、そんな達哉を柔らかに包み込んで、きりきりに尖った神経を和らげていく。

疲れた、今は考えたくない。

達哉は身体の力を抜いて目を閉じた。


それから、何かにつけては呼び出され、精根《せいこん》尽き果てるほど抱かれる日が続いた。執拗な愛撫に、身体はすっかり慣れてしまった。かなりきつい抱き方をされても、翌朝は普通に動ける。とはいえ、竜崎は酷い抱き方は決してしない。いつも丁寧に解してから、挿入してくる。

ときにはもう勘弁してくれと言いたくなるほどしつこく中を探られ、大きさに馴染むまで容赦なくくつろげられた。しかも一度では終わらない。体格に似つかわしく、精力があり余っているのだ。

「ほかの女で少し抜いてこい」

と苦情を言ったら、

「女は全部切った。だからしっかり面倒を見てくれよな、俺の息子」

などと真顔で言いながら剛直を擦りつけてきた。まさに、勘弁してくれ、だ。なのに、今竜崎が抱いているのが己ひとりとわかったことで、どこかほっとしている自分がいる。

冗談じゃない。脅迫されて好き放題されているんだぞ、と繰り返し自らに言い聞かせていなければ、気持ちがとんでもない方へ流されてしまいそうだった。


「なんだって？」

竜崎は槙島の報告に眉を上げた。

「仲町に中華系が入り込んで騒ぎを起こしているのは、うちが唆しているからではと言ってきただと？」

「正確には、心当たりはないか、です」

「ふざけてやがる。言い方を繕ってみたところで、言っていることは同じじゃないか。まさか達哉本人から問い合わせがあったんじゃないだろうな」

「いえ、違います。岩田、でしたね、確か」

槙島がきっぱり答えたことで、竜崎は乗り出していた身体をいったんは椅子に戻した。

ここ最近仲町に、中華系のちんぴらが入り込んで、度々騒ぎを起こしているのだ。風俗店が軒並《のきな》み催涙スプレーや発煙筒で襲われている。幸いにもまだ怪我人は出ていないが、早く手を打たないと、それも時間の問題だ。

坂下組の管轄《かんかつ》の店ばかりが襲われているから、悶着《もんちゃく》になるとまずいなと思ってはいたが、実際の関わりは何もない。わかっているから達哉も言わないのだと考えていた。組内でうまく収めているのだろうと。

しかし、不愉快だ。言って寄越《よこ》したのが別人とはいえ、達哉の意を汲《く》んでいるはずだ。和解した約定《やくじょう》を破っているのではと疑うなど、簡単に信義を捨てる人間とみなされていることになる。

それとも、岩田が達哉の意志を無視して言ってきたのか？　となれば坂下組全体を掌握しきれていないことになるので、それもいいことではない。

でっぷり太った岩田の顔が浮かび、さらに不愉快になった。

料亭で和解したあと、揉め事はなくなった。竜崎は達哉を懐に収めて満足していたし、槙島もすぐに勝手はしないはずだ。もともと達哉が目的だったのだから、竜崎としてはこれ以上何もする気はない。なのに今、またきな臭いことになっているのはどうしてだ。

「おまえ、何かやったか？」

念のために尋ねると、

「時期を見て騒ぎを起こさせるつもりはありましたが」

しれっと答える槙島を、竜崎がじろりと睨む。

組のためなら竜崎の意に反したことをするかもしれない。それを認めろというのが、彼を配下に引き抜いたときの条件だった。槙島なりの忠実さで竜崎の側にいることはわかっているから、裏切ることはないと信じているが、して欲しくないことを平然とされるのも堪らない。

いいだろうと頷きはしたが、だからこそ情実を廃し冷徹な論理でことを運ぶ槙島の手綱《たづな》は、常に握っておかなければならないのだ。

「坂下組に手を出すなと言っただろう」

「従えませんね。どう考えても仲町を半分ずつ仕切るより、一手に握った方が効率がいい。あなたもわかっているはずだ。ま、それはともかく、今はしていません」

「うちではないとなれば、達哉の側の誰か……」

「個々人が勝手にやっているのかもしれませんよ」

「坂下組の店ばかりをか？」

皮肉そうに言って、竜崎は腕組みをした。

「なんであいつの良さがわかんないんだろうな」

近くにいれば、達哉の持つ凛とした気配、意志のはっきりした性格、思慮深く、それでいて決断力のあるところなど、上に立つ資格は十分と思えるのだが。

「わかっていても、従いたくはないですね。少なくとも自分の力で押さえ込めるという自信がある限りは。極道で軟弱な見かけは致命的です。あの優男ぶりでは、どうしても侮られる」

「おい」

つけつけと言う槙島を、竜崎が睨む。

「いっそ坂下組を傘下に収めて、あなたが後見につく形をとれば、揉めることもないんじゃないですか?」

「そんなことをしたら、達哉に嫌われる」

「無理強いして関係を持っている時点で、すでに嫌われていると思いますが」

「おまえなあ、俺を虐《いじ》めて楽しんでいるだろ」

竜崎が拗《す》ねたように言うと、

「東《ひがし》の竜とあだ名されるあなたを虐めるなんて、とんでもない。もっとも今は、爪と牙をなくした竜に見えますけれどね。甘くって反吐《へど》が出る。今がつけ込みどきか、と敵対組織に噂を流しておきましょうか」

「やってみな。いくら達哉にうつつを抜かしていても、それくらいで潰れる俺じゃない」

言い放って唇を歪めた竜崎から、ゆらりと闘気が立ち上る。槙島は一瞬呑まれたように言葉を失い、すぐに持ち前のふてぶてしさを取り戻すとにこりと笑った。

「その言葉を聞けて、嬉しいですね。では、お手並み拝見といきましょうか」

用意させた車で仲町に向かいながら、竜崎は「嵌められた」とぶつぶつ零していた。どうせ達哉に会うために再々訪れる竜崎を利用してやれ、と最初から槙島は考えていたのだろう。ときおり擦れ違う車のライトが眩しい。

「俺をなんだと思っているのか。都合のいい使い走りか」

呟くと、前の席に座っていた舎弟が「はい？」と聞き返してきた。

「なんでもない」

下の者に愚痴を聞かせるつもりはなかったので、そのあとは頭の中で槙島を罵倒するだけに止めた。

車で、達哉の行きつけだというスタンドバーに乗りつける。ここは地元から少し離れていて、大学のときからときおり訪れているバーだという。おそらく、静かに飲みたいときに行く場所なのだろう。

「こんなところで憂さを晴らしていないで、俺のところに来ればいいのに」

どろどろに蕩かせて鬱屈など吹き飛ばしてやると不遜《ふそん》に呟く竜崎は、彼自身のことも達哉にとっては憂鬱のタネになっているなどと想像したこともない。

店の表と裏に密かに護衛が立つ。車も正面から少し外れた場所で待機した。東和会若頭という地位には、危険もつきまとう。どちらかというと警戒心の薄い竜崎も、槙島がつける最低限の護衛は侍らせていた。

中世の城に取りつけられていたような重厚な木製のドアを開けると、店内には邪魔にならない程度の静かな曲がかかっていた。カウンターとテーブル席が三つ。バーテンがひとりと見習いで十分切り回せる規模の店だ。

「いらっしゃいませ」

と言ったのは、グラスを磨いていた初老のバーテンだった。達哉は、と探すと、カウンターの端の席に座ってグラスを傾けていた。ひとりだ。いつも側にいるあの邪魔な男はいない。

竜崎は、守谷というその男が気にくわない。達哉を支えるポジションといい、腹の据わり具合といい。しかも、挑発しているのか、と疑えるような態度を時々見せるのだ。一度は締めてやろうと密かに考えている。

ま、今はひとりだから文句はないが。

「よう」

達哉の横に腰を下ろして声をかける。

「……っ。どうしてここが…」

目を見開いて竜崎を見た達哉は、次の瞬間さっと目を逸らした。

「すまなかった。うちの岩田を止められなくて」

あげくに謝罪の言葉が聞こえてきて、今度は竜崎の方があっけに取られる。

「明日は嵐か」

思わず呟いたら、きっと睨まれた。

「たとえ悪いと思っても、頭なんか下げるな。あんたには似合わない」

「……俺はいったい、どういう人間だ」

「意地っ張りだが、ツンと頭を擡《もた》げているのが可愛い、俺の嫁さん」

「言うなっ」

誰かに聞かれなかったかと、達哉がぱっと周囲を見る。

「頼むから、そんなばかげた台詞は外では言わないでくれ」

「じゃあ、家でならいいのか」

「そういう問題じゃなくて」

脱力したように言うと、達哉は口を噤んだ。

竜崎はバーテンを呼んで水割りをダブルで頼むと、横目で達哉の飲み物が減っているのを見てそれも追加した。

勝手にグラスをかちんと合わせて、半分ほどを一気に飲み干す。

「へこんでいるな」

見たままを言ってやると、

「ああ」

と言葉少なに返事が返る。

このところ竜崎は、週に一度仲町を訪れるようにしていた。それ以前、脅迫で達哉を手に入れてからしばらくは、竜崎もこの地に居座ってせっせと彼を抱いていた。ようやく手に入れた身体を堪能し、朝まで放さないで抱き潰すことが多かった。

「頼むから手加減してくれ」

と言う達哉の事情もわかっていたが、腕に抱けば我慢などできなかった。

そもそも達哉がモナコで姿を消さなければ、これほどの執着にはならなかったかもしれ

ない。一度失ったと思った喪失感が、過度の拘《こだわ》りを生んでいると竜崎にも自覚はある。それでいいじゃないかと開き直ってもいたのだ。

とはいえ、本拠地とここはかなり離れているから、仕事を放り投げて留まるのも限度があった。達哉はずっとここにいるのだとようやく納得できたから、焼けつくような欲求にも少しは我慢が効くようになってきた。

限界が一週間に広がったのは、あるいは達哉にとって救いだったかもしれない。

ちょうど達哉には、一週間会っていなかったことになる。事件が起こり始めたのはその少し前からだ。指示を出したり駆けつけたり、さらには対策を立てたりと、寝る時間を削っているのだろう。眉宇《びう》のあたりに憂いが浮かんでいて、それはそれで欲情を誘われる艶になっているが。

「どうして岩田の名で?」

事情を確認するためだけのつもりだったが、達哉には責めるように聞こえたようだ。

「だから、謝っただろう」

むすっと言い返すところに、彼の余裕のなさが窺える。内部の不和を他組織に知られたくないという心理も働いているのだろう。ぎゅっと唇を引き結んだところを見れば、頑なな気持ちが透けて見える。

酔わせてしまおう、と決めたのはそのせいだ。状況を聞き出そうにも、達哉の気持ちが解れなければ口は割らないだろうから。

そもそも、素直に心情を吐露する達哉など、見たことがない。かろうじて、焦らして焦らしたあげくのあのときだけは……。

頭がそちらへ向かいそうになって、おっと、と引き戻す。

バーテンにお代わりを頼み、タバコを出そうと何気なくポケットに手をやったとき、かさりと小さな紙包みが触れた。槙島から、「何かのときにこれを使えば」と押しつけられたものだ。押し問答するのも面倒でポケットに突っ込んだまま忘れていた。

手触りから薬だろうと思うが、さてなんだろう。媚薬《びやく》か、睡眠薬か。まさかあの槙島が「使え」と押しつけておいて、ただの腹薬とか痛み止めなんかではあるまい。

そんなふうに竜崎が考えたと知ったら、当の槙島は「俺がそうなったのは誰のせいでしょうね」と責任を転嫁《てんか》してくることだろう。

「何が出るかお楽しみっと」

呟きながら竜崎は隙を見て、達哉のグラスに薬を入れた。ぐいと飲むのを黙って見たあとは、どんな変化があるかと心待ちにする。媚薬ならいいな、と考えたのは内緒だ。

「あれ？」

違和感に達哉が額を押さえる。

「どうした」

何喰わぬ顔で聞く竜崎。

「今、目眩が……」

言っている側から、達哉の身体がぐらつき始める。

「疲れているんだろ。俺に寄りかかれ」

「いや、そんなわけには……」

ここは外だからと続ける声が、もう眠気で縺《もつ》れていた。

「ちっ、睡眠薬だったか。ま、あれだな、寝ているうちにあれこれしろってことか」

舌打ちして、竜崎は睡魔に引きずられていく達哉を抱え込んだ。薬を持たせた槙島の真意はどうであれ、自分の都合のいい方へ考えるのが竜崎だ。

「なに……?」

「いいから、こっちへ」

凭れていろと囁いて、頭を肩に押しつける。

「おーい、酔ったか?」

白々しく周囲に聞こえるように言ってから、達哉を支えながらバーテンに勘定《かんじょう》を頼む。

「俺が連れて帰るから」

精算を済ませ、心配そうに見るバーテンに告げて、よいしょと肩に担《かつ》ぎ上げた。本当は横抱きにしたいのだが、さすがに人目のあるところだからと達哉の名誉を考えて止めたのだ。

「俺っていいやつ」

その自賛には、達哉が起きていたら大反対したろうが。

バーテンが先回りしてドアを開けてくれた。

「すまん」

軽く礼を言って外に出た。目立たぬところに控えていた護衛がさっと近寄る。車がすぐに横づけされ、裏口にいた護衛も駆け戻ってきた。

「マンションへ行ってくれ」

眠り込んだ達哉を寄り掛からせながら運転手に言う。

「話はあとだ。ゆっくり寝れば、疲労も取れる。頭も働くというものだ」

言った側から、達哉の髪の毛を撫でていた手が滑っていき、見えない部分で怪しげな動きをし始める。

目が覚めたのは、身体を触られていたからだ。ゆるゆるとあらゆるところに触れられ、それで自分が全裸にされていることを知る。

半覚醒状態では抵抗することなど思いも及ばず、素直に甘い声を上げた。

「あ、んん……、いい…」

ふわふわとピンクの靄《もや》を漂い、蕩かされた身体は竜崎の手で妙なる音色を奏でさせられた。

「ん、ぁ……、あ……やぁ……」

緩く勃ち上がった股間は、指で扱かれるとすぐに露を結び始めた。もう一方の指を唇に含まされ、

「これがどこに入るかわかるだろ。舐めて濡らせよ」

密やかに命令されて、懸命に舌を絡ませた。滴るような唾液をまとって指が引いていったときは、物欲しそうに唇が追いかけていた。

「ん、や……っ」

そのようすに、くすりと笑い声が聞こえる。

いいじゃないか、欲しいんだから。だって俺はこいつの嫁さんなんだから。

ぼんやりした意識の中で、開き直る。口に出して言ったのか、それとも頭で呟いただけなのか。夢と現実を行き来している半分眠ったままの意識では、その理屈がおかしいものとは感じられなかった。

「そうだな。嫁さんだから、いっぱい感じていろ」

返された言葉も、当然のようにと受け止める。

濡れた指で後孔を解され、やがて灼熱の杭を受け入れた。広がる快感は、達哉をそのまま頂点へと運んでいき、律動を刻んでいた竜崎も、強く彼を抱き締めながら奥に飛沫を叩きつけた。

忙しない呼吸がゆっくりと元に戻っていく。達哉は汗に濡れた額を押さえ、ぼんやりと目を見開いた。

「おはよう。よく寝ていたな」

「な……っ」

目の前に、竜崎の男らしい顔がある。状況が呑み込めずに反射的に逃れようとして、まだ最奥に竜崎が居座っていることに気がついた。たちまち、夢うつつのまま致してしまったことを思い出す。

我ながらなんという醜態だ、とどん底まで落ち込みそうな深いため息を零す。それでいて、熟睡し適度な運動もした身体はすっきりしていて、頭もここしばらくの懊悩から解放されていた。セックスが、これほど心身をリラックスさせてくれるとは知らなかった。

俺に感謝しろとでも言い出すんじゃないだろうな、と警戒しながら改めて見た竜崎は、どこか楽しそうで、またどこか心配そうでもあった。いや、竜崎がこちらのことを心配するはずがないから、ただの錯覚だと自分に言い聞かせる。

しかし、なんであんなに急に眠くなったのか。

バーで急激に睡魔に引きずられたことを訝《いぶか》しむ。さすがに、竜崎に睡眠薬を盛られたとまでは気がつかなかったが。

ようやく竜崎が腰を引き、達哉は串刺し状態から解放された。空洞になった最奥が寂しい気がして、気のせいだと慌てて否定する。

「すっきりしたみたいじゃないか」

「そちらもね」

憎まれ口を返すと、竜崎が笑い出した。

「まあ、確かに。それにしても、素直じゃないな。さっきまではこの腕の中で可愛く喘いでいたのに」

「ちが……っ」

それが本当だと知っているから、抗弁《こうべん》したくなるのだ。

「意地っ張り」

耳元で囁かれた声は、揶揄ではなく愛おしいと言っているようだった。

「……っ」

思わず耳を押さえる。そのあとで腕の中に抱き込まれ、「話せよ」と促され、一瞬で意識が鮮明になる。

「何を？」

すっとぼけて聞き返すと、抱いている竜崎の腕が強張った。

「まだ強情を張るのか」

「どういう意味かわからないね」

ここで内部事情をべらべら喋っては、若頭の名が泣く。口を噤む達哉を竜崎は軽く揺さぶった。

「言わせる方法はいろいろあるんだぜ」

竜崎が凄みを覗かせる。冷然としたヤクザの顔だ。達哉は丹田《たんでん》に力を込め、覚悟を据え直した。

「なんと言われようと、話すことなどない」

きっぱりと言い返した達哉に、つかの間、炯《ひか》る瞳を据えていた竜崎は、

「北風と太陽か」

わけがわからぬ呟きを漏らし、いきなり態度を和らげた。

「なあ、中華系の奴らを唆した、と痛くもない腹を探られたのはこっちだ。あんたに、俺が裏からこそこそ手を回す小物と思われただけでも、悔しいぜ。これだけつき合ってきて、俺のどこを見ていた、とがっかりだな」

「俺はっ……、思っていない」

情けない、と肩を落としてみせる竜崎に、思わず真情を口走っていた。言ったあとで、しまったと思う。案の定竜崎が追及してきた。

「だったらなぜ岩田が問い合わせてくるんだ？　若頭の名前はだてじゃないだろ。がつんと抑えなくてどうするよ」

「……それは、俺もそうしたかったが、証拠が……」

口籠《くちご》もりながら言った途端、竜崎がきらりと目を光らせた。

「証拠？」

達哉は息をついた。うまく誘導された、という苦々しさはあるが、自分が竜崎を信じて

いることも本当なのだ。彼なら正々堂々、表から戦いを挑んでくるだろう。考えてみれば岩田を抑えられなかった時点で、すでに内部の不和はさらけ出てしまっている。今さら意地を張っても、あまり意味はないかもしれない。

達哉は言葉を選びながらしぶしぶ事情を説明した。

「あんたが来る前に中華系の奴らがこのあたりを荒らしに来ていて、それは一度撃退していたんだが」

再び彼らが仲町に姿を見せるようになったのは、ついこの間のことだった。短い間に次々と店が襲われ、営業に差し支えていた。今度はいささか手荒な手口だったので、達哉は巡回する見回りの人数を増やすことで相手を制圧しようと考えた。襲われるのが坂下組の息のかかった店ばかりなのを見て、東和会への疑いがくすぶり始めたことにも対処しなくてはならなくて。

頭の痛いあれこれに取り組んでいる最中、岩田が巡回につき添ったある店でそのひとりを捕まえたのだ。大手柄ではあったが、達哉も守谷も、普段はそんなことをしない岩田がわざわざ見回りに行ったことに不信感を抱いていた。きっと何か企んだのだろうと。

しかしほかの幹部連の前で、捕まった中華系の男が、東和会に雇われたと自白したのでは、岩田の企みだと糾弾《きゅうだん》することもできなかった。そのくせ達哉が直に尋問しようと駆けつけたときには、見張りの不手際《ふてぎわ》とかで男は逃げ去っていた。

怪しいと言えばこれほど怪しいことはないが、岩田が鬼の首を取ったように居丈高になって、東和会に「問い合わせる」というのを止められなかった。幹部連は達哉に従いつつも、粘着質な岩田はあとが面倒だからと、実力者である彼を完全に退けられないでいた。せめて自分は賛成できないと、署名を拒んだのがせいぜいだった。

「組内の不行き届きについては、重々詫びる。本当に申し訳なかった」

顔を見ないで済むように、横向きのまま最後まで話し終えた。

「頭は下げるな、と言っただろ」

竜崎は達哉の身体に腕を回して抱き締めたまま、肩の当たりに顎を置いていた。項にかかる吐息がくすぐったい。背後から聞こえる規則正しい呼吸と体温、胸のあたりで交差した指が、無意識にそのあたりの肌を撫でる感触。一度達したあとの肌は、それらを敏感に感じ取って、ざわざわと落ち着かない。

それでも懸命に気持ちを逸らして、竜崎からの糾弾を待っていたのに、

「ん？　勃っているぞ」

「ば……っ、言うなっ。だいたいあんたは……」

殊勝な気持ちはその一言で吹き飛んだ。振り向いて罵倒した唇を、塞がれる。チュッと

軽く吸い上げられて、それ以上の言葉は喉に押し戻された。

なんで男とするキスに、こんなにも慣れてしまったんだ。

脅されているくせに馴染んでいる己が情けない、と自分を責めてみる。けれども、落ち込んでいるとき、疲れたときに、どっしりと揺るぎない存在が傍らにあると落ち着いてしまうのも、事実なのだ。

もっと疲れさせられることもしばしばだが。何度も抱き潰されたこともついでに蘇って、舌打ちする。

「なあ、達哉はすごく運のいい人間だろう？」

「は？」

急に何を言い出したのかと竜崎を見る。

「危うく事故を免れたことが何回もあるとか。勝負運が異様に強くて負けたことがない、または宝くじを買ったら、額はどうあれ必ず当たる、とか。馬券なんかも外さないんじゃないか？」

「なぜ知っている」

思わず達哉は聞き返していた。

「やっぱりそうか。以前、特殊な能力を持った連中に会ったことがあるんだが、もしかしたらあんたの運の良さは、彼らの力に匹敵するのかもしれないな」

そう言ったとき、竜崎は一瞬だけ遠くを見る表情をした。何か、思い出でもあるのかもしれない。

「奴らの仲間にあんたを紹介したら大歓迎されそうだが、もう俺の嫁さんだからな。幸運のお守りは俺が独り占めさせてもらう」

「だから、嫁さんはよせ……」

これもただの軽口か、と脱力する。

「で、結局何が言いたいんだ」

「モナコで俺に出会ったあんたは、最大限の幸運を掴んだってことだ」

「……オチはそこか」

何を言う気力もなくて、達哉は目を閉じた。たっぷり眠ったはずなのに、背後から守られるように抱き締められていると、またうとうと微睡《まどろ》んでしまう。竜崎の言葉を埒もないと退けられないのは、こんな瞬間があるせいだ。

伸びやかに意識を遊ばせている間に、悩み事に関するひとつの解決策が舞い降りてきた。

「罠を仕掛けよう」

「罠を仕掛けたら……」

呟く声がユニゾンになって、達哉が嫌な顔をし、竜崎は吹き出した。

「同じことを考えつくなんて、やはり俺たちは相性がいい。ここも、ここもな」

するりと腰を撫でられて、反射的にその手を叩いていた。

「触るなっ」

「つれないな、達哉は」

竜崎は叩かれた手にわざとふうっと息を吹きかけて、痛さを強調してみせる。そんなに酷くはしていないだろうと内心でわかっていながら、達哉は居心地が悪くて身動いだ。素肌が触れ合っているので、ずっと埋み火がくすぶっている。何かきっかけがあれば、すぐにでも燃え上がりそうだ。

だから竜崎が耳元で罠の手順を話し出したときも、最初は耳に触れる息の熱さに気を取られ、なかなか言葉が理解できなかった。聞き捨てにできない「ヤク」というキーワードで、ようやく頭がまともに働きだした。

「そうだ。東和会が仕入れたことにして……」

竜崎が詳しく説明しかけたとき、達哉の腹がぐうっと鳴った。竜崎に爆笑されながら達哉は、

「昨日から何も食べていないんだから仕方がないだろう。それなのに朝っぱらからハード

な運動を強いられて……」

口走った言い訳で、自ら墓穴を掘ってしまう。

「まあ、確かにハードなセックスだったな。もっぱら俺が奉仕した気もするが。それはいいとして、まずは腹ごしらえか」

竜崎が、笑いすぎて出た涙を指先で拭いながら起き上がった。裸のままベッドを出て行き、達哉はいつもながら均整の取れたその後ろ姿にうっかり見惚《みと》れてしまう。

「シャワーを浴びて来いよ。その間に何か作っておいてやる」

「あんたが？　ちゃんと食べられるものができるんだろうな」

疑わしげに首を傾げると、

「失礼なやつだな。まあ見てろって。それより尻の穴を早く綺麗にしないと、中、どろどろだぜ」

わざと卑猥な言葉を使って達哉を激怒させ、投げつけられた枕をひょいとかわしてからキッチンに向かって歩いていった。

急な動作で息を切らしながら、達哉はしばらく竜崎の消えたドアを睨みつけていたが、綺麗にしなくてはならないのは本当だったので、しぶしぶ身体を起こした。

シャワーを浴びながらふと、

「まさか裸のまま料理を作っているんじゃないだろうな」

と思いつき、

「いや、せめてエプロンくらいはしているだろう」

と思い直す。

「……裸エプロン…」

自分で言って、思わずぶっと吹いてしまった。あの逞しい身体で裸エプロンを披露してくれても、ちっとも嬉しくない。

棚にあったバスローブをまとって、タオルで髪の雫を拭いながらキッチンへ向かった。竜崎もバスローブを着ていて、エプロンはなし。ほっとしたのか、がっかりしたのか、不思議な気分だ。

いや、決して見たかったのではなくて、笑ってやろうとしただけで。

思わず自分で言い訳をしてしまう。

見ている間にも分厚いハムが焼き上がり、真ん中から切っただけのトマト、レタスも葉をむしっただけで皿に置かれた。もうひとつのフライパンで卵をかき混ぜている間に、パンも焼けた。

「コーヒーを頼む」

達哉が来たことに気がついた竜崎が、振り向いて顎をしゃくる。コーヒーメーカーにでき上がっていたコーヒーをカップに移し、気を利かせて冷蔵庫からバターやミルクを取り出した。

その間に竜崎は卵を皿に取り分け、ナイフとフォークをテーブルに並べていた。

「料理、できるんだ」

手際の良さを見ていると、普段からやりつけていることがわかる。

「朝飯くらいはな。しっかり野菜を取ろうと思ったら、自分でするのが一番だ」

「それは、そうかも……」

どんと置かれた皿は、けっしてレストランのように品よく盛りつけられてはいない。必要なものがそれなりに載せられているだけ。

「しかし、豪快すぎないか？　これ」

塊を真っ二つに切ったような、二センチ近く厚みのあるハムにナイフを入れながら達哉がぼやくと、

「それ以上薄くは切れないんだ、黙って食え」

と返されてしまう。確かに、あとは包丁の必要のない料理ばかりで。

それでもその朝ふたりで食べた朝食は、どこのホテルのモーニングよりもおいしく感じ

られた。

いったいこれのどこが、脅迫されている関係だ。

複雑な感情を奥に押し込んで、食後に淹《い》れ直したコーヒーを手にリビングに席を移し、仕掛ける罠について話し合う。

「黒幕は、岩田なんだな」

竜崎に念を押されて、組内の恥を晒すのは、と躊躇いながらも達哉は頷いた。

「守谷さんがいなければ、情けないがもっと早く分裂していたかもしれない。あの人が組長の命令で俺についてくれたから」

「おい、なんだ、その『守谷さん』は。前から気になっていたんだけどな、坂下組の若頭は達哉だろうが。なのに格下相手に『さん』なんかつけるんじゃない」

急に不機嫌になった竜崎に、達哉は何を言っているんだと眉を寄せる。前から彼は妙に守谷に拘っていたが。

「だって、あの人は俺よりずっと長く組長の側にいて、考え方ややり方を身につけていて、俺自身尊敬している人なんだ。守谷さん本人からも『さん』は止めて欲しいと言われたが、長い間の習慣だから簡単には止められない」

「じゃあ、なぜ坂下組長は、それほど信頼できる男を若頭にしなかったんだ。岩田を補佐に据え、あんたを若頭にするよりよほど組は安定しただろうに」

「俺もそう思う。なんであの人じゃなかったのかって」

八つ当たり気味の言葉に怒りもせず達哉が頷くと、その態度が意図に反していたのか、竜崎は面白くなさそうに舌打ちする。

「そのことを組長に聞いたら、守谷さんは組長から離れたくないからって断ったとか。組が落ち着いたら世話係に戻ることを条件にして、今は一時的に俺を助けてくれている」

「は？」

「うちの組長は、守谷さんにそこまで入れ込まれるほど凄い人だから」

「つまり、守谷は組長のこれか？」

と小指を立ててみせる竜崎に、達哉が「ばかっ」と怒鳴った。

「ま、あのガタイじゃ違うだろうな。すると、こっちか？」

性懲りもなく竜崎は、今度は親指を立ててみせた。

「何を考えているんだ！　そんなんじゃない！」

怒りに震える達哉とはうらはらに竜崎は、

「そうか、そうだったのか」

と上機嫌だ。

にやついた顔が、いったい何を思い浮かべているのか、考えたくもない。

「話が逸れた。とにかく今は、罠、のことだ」

深呼吸して気を落ち着け、こほんと咳払いして会話の流れを引き戻した。

「そうだな、まずは邪魔者を排除するか」

急に真剣な顔になった竜崎が乗り出してくる。

いい顔じゃないか。

きりっと引き締まった男らしい顔に、鋼《はがね》のような意志が宿り、思わず視線を引きつけられた。これが、東和会若頭として立ったときのこの男の顔か。

「東和会はヤクは扱わない。が、中にはシノギに困ってこっそり手を出すバカもいる。だから流通ルートは、それらしく設定できると思う」

竜崎の計画はこうだ。

東和会がついに麻薬に手を出すことになった。末端価格数十億の大商《おおあきな》いだ。内密に事を運ぶために、最近手を結んだ坂下組に、一時的な保管を依頼する。それを情報屋が中華系の奴らに流し、

「岩田には達哉が、その場所をうっかり喋ってしまうわけだ」

「俺はそんな間抜けじゃない」

憮然として言った達哉に、竜崎がにやりと笑った。

「そんなことはわかっている。わかっていないのは岩田の方だ、だろ？　で、現場で鉢合わせた二組がつぶし合いをするという計画だ」

「……引っ掛かるだろうか？　こんな簡単なトリックに」

「掛かるんじゃねぇ？　あのガタイなら、総身に知恵は回っていないだろうし」

吹き出した達哉は、初対面で竜崎が岩田を豚と表現したことを思い出していた。

「ということで、密約成立のキス」

いきなりテーブルの上に乗りだした竜崎に唇を奪われる。頭を押さえられているわけでもなく、身体を抱き締められているでもなく、ただ唇が触れ合っているだけなのに、達哉は逃げられなかった。一瞬目を瞠っただけで、静かに瞼《まぶた》を閉じる。

柔らかく吸われ、啄まれ、軽く歯を立てられた。ずっと疼いていた火種が危うく燃え上がる寸前で、竜崎は名残惜《なごりお》しそうに唇を離す。濡れたままの達哉の唇を、未練深げに数回撫でたあとで、竜崎は改まった口調で「達哉」と名を呼んだ。

「なんだ」

熱に潤みかけた眼差しで竜崎を見る。

「これが片づいたら、俺の側に来いよ。週に一度の逢瀬《おうせ》ではなく、同じベッドで眠り、一緒に朝を迎えたい」

心臓を鷲掴《わしづか》みにされた気がする。熱を帯びた竜崎の目から逸らせない。射抜くような真剣な眼差しは、迷いの中にある達哉に決断を迫っていた。この関係はすでに脅迫ではないだろう、自分の心を直視しろと。

「そんな……。できるわけが」

「できるさ。あんたが俺を一番に思ってくれるなら。それとも、いつまで経っても俺は坂下の組長さんや、守谷『さん』の下なのか？」

答えられなくて、達哉は唇を噛んだ。追い詰められれば、脅されて抱かれているだけ、と言い逃れしたくなる。するとそれを察したかのように、

「無理強いされているから、とかそんな理由で逃げるなよ。そうでないことは、あんたももうわかっているはずだ。本当に嫌なら、あんたは俺の手を振り払う。それだけの力もある。なのに黙って抱かれているのはどうしてだ。……ま、考えておいてくれ。返事はこれが片づいたあとでいい」

そのあと、事務的な打ち合わせを続け、達哉はほどなく竜崎のマンションを出た。送っていくという竜崎の申し出を「大丈夫だから」と固辞《こじ》し、エレベーターホールに向かう。

エレベーターの側、そして一階のエントランスに、警護の人間が立っているのに気がつ

いた。一般人にそれとわからぬように繕っているが、見る者が見ればわかる。

竜崎の立場を象徴するようなそれを横目で見ながら、達哉は回転ドアを抜けた。

自分もその筋の人間で、本来なら周囲を警戒するつき人が必要な人間だったと思い出したのは、タクシーを止めようと車道に身を乗り出したときだった。

言い含められていたのか、達哉が外に出るときさりげなくついてきてくれた竜崎の護衛が、

「危ないっ」

と叫んで体当たりしてきた。ピシッとこめかみを何かが掠め、達哉は男に覆い被さられるようにして道路に倒れた。目の前を通り過ぎる車の窓から銃を持った腕が引いていき、スモークを張った窓が、するすると持ち上がる。

狙撃されたのか。

達哉が呆然としていたのは一瞬だった。どこから湧いたのか、バラバラと人が駆け寄ってきて、中のひとりが懐に手を突っ込むのを見咎めるなり咄嗟《とっさ》に、

「止めろ！」

と怒鳴っていた。男が銃を取り出そうとしていると察したのだ。

こんな街中で銃撃戦など、とんでもない。それでなくても通りすがりの注目を集めてい

るのだ。

達哉は自分を庇《かば》ってくれた男を押し退けると、

「ありがとう、命拾いした」

にこりと笑って礼を言い、足早にマンションに戻った。一度集まった男たちは、また目立たぬように散っていく。ただふたりほどが、達哉を守るようにつき添ってきた。

連絡を受けて、慌ただしく竜崎が降りてくる。

「達哉！」

ホールの端から怒鳴る竜崎に、無事だと手を上げてみせる。

「騒ぎにするな」

声を潜めて窘《たしな》める。

一瞬の出来事だったことと、相手が消音銃を使っていたせいで、一般の人間はまだ誰も発砲事件だとは気がついていない。こちらが騒がなければ、なんとか隠し通せるかもしれない。

拳銃が使われたとあれば警察が捜査に乗り出してくるし、すわ抗争かといらぬところまで探られる。やくざにお巡りさんは鬼門なのだ。

達哉の意図に気がついた竜崎が走りかけた足を止め、深呼吸するとゆっくり歩み寄ってきた。

「無事なんだな」

きつく肩を掴んで確認してくる。

「ああ」

言った端からこめかみに触れられる。

「血が……」

「掠っただけだ、唾をつけておけば治る」

「確かにかすり傷だが、頭だぞ。一歩間違えば……」

人前だからと堪えているのだろうが、その瞬間竜崎の身体に震えが走ったのを、達哉は確かに感じた。

「とにかく部屋へ」

促されて歩き出す前に、達哉は声を潜めて囁いた。

「外で銃弾と、もしあれば薬莢《やっきょう》を回収しておいてくれ」

「……わかった」

竜崎の合図で、ひとりが外に出て行った。

最上階に戻ると、竜崎に促されて守谷に電話する。

「ああ、そこだ。迎えを頼む」

携帯を切った瞬間、竜崎に抱き込まれた。息ができないほどきつく抱き締められる。

「相手の見当はつくか」

「さあな。俺とわかって狙ってきたか、護衛がいたせいであんたと間違われたか」

「他人事《ひとごと》みたいに言うなっ」

思わずといったふうに怒声を放ちながら、竜崎は肩で大きく息をした。消毒薬を取り出して達哉のこめかみに塗布した後、彼を抱え込んでソファに座る。

「この稼業、危険は覚悟の上だろうが」

達哉が上目遣いに言うと、

「わかっている。だが達哉が撃たれたと聞いて、俺はっ、……見ろ」

目の前に差し出された手が細かく震えていた。

「情けない。これが東の竜とあだ名されている男だぜ」

「俺だって。あんたが狙われたら逆上する」

竜崎が、ふっと笑った。

「……逆上、するのか?」

「ああ、逆上する。そして、あんたを襲った奴らを、草の根を分けても探し出して、ぶっ殺す」

断言した達哉に、突然竜崎が笑い出した。

「こりゃあいいや。俺は今すごい告白を聞いた気がする」

言われた達哉は、慌てて自分の台詞を反芻《はんすう》する。

「ち、違う、そういう意味じゃない……」

慌てて言い訳する達哉を、竜崎が逃すかと抱き締めた。

「これは望みが出てきたな。あんたの決断を楽しみにしているぜ」

「そんなつもりじゃ……」

なおも首を振って否定したが、竜崎は聞いちゃいない。抱き締めたまま勝手に悦に入っている。

「迎えが来た」

との知らせで、ようやく竜崎が放してくれた。

「……今は狙ったのがどちらでも関係ない。俺の方なら、岩田を片づければことは解決だし、あんたの方なら、そのときは改めて相談しよう。まずは計画を進めて……」

見上げて言った達哉を、

「ああ、だがくれぐれも気をつけてくれ」

言葉少なに竜崎が送り出した。

マンションの下に迎えに来た車には、守谷自らが乗り込んでいた。

「守谷さんがわざわざ……」

恐縮気味に言ったら、守谷に怖い顔で睨まれた。

「さんはなしで。わざわざではありません。あなたは狙撃されたのですよ。それをちゃんと認識してくださらないと。これからひとり歩きは厳禁です。必ず居場所を明らかにしていただきます」

「わかってる」

達哉は神妙に頷いた。

「組長が心配しておられます。先にお屋敷に向かいますから。着いたら、詳しく話してくださいね」

まだ驚きと怒りがさめやらぬのか、ぴしゃりとそれだけ言うと、守谷は口を噤んでしまう。

「無事だな。……よかった」

知らせを受けて心配そうな顔をして待ち受けていた坂下は、達哉の顔を見るなり破顔し

た。寝ていた布団から守谷の手を借りて起き上がり、

「もっとこっちへ。顔を見せろ」

とすぐ近くまで呼び寄せる。

「綺麗な顔に傷がついているじゃないか」

すぐにこめかみの怪我を見つけてしまった。

「危ないところだったなぁ」

優しく触れる指が、僅かに震えている。

「すまない。おまえに重荷を背負わせなければ、こんなことには……」

「違います」

言いかけた坂下を、達哉はきっぱり遮った。

「今回はうちの揉め事ではなくて、東和会の方に巻き込まれたんです」

本当はまだわからないのだが、心配させるよりはと、この際利用させてもらった。

「狙撃されたのは竜崎の住むマンション前で。そうだったな、守谷さ……、守谷」

守谷さんと言いかけて、視線で咎められ慌てて言い換えた。

「はい。連絡を受けてわたしがお迎えにまいりました」

「……そうなのか」

まだ不審そうな顔はしていたが、坂下はそれを聞いて多少はほっとしたようだ。

「さ、無理はしないで横になってください」

今度は達哉が手を添えて、布団に横たえる。

「で、達哉はいったいそこで何をしていたんだ」

坂下の問いに、達哉はすらすらと答える。

「岩田の件です……」

これは嘘ではないし、やはり坂下には含んでおいてもらわなければならないから、竜崎と計画した罠のことを詳しく話した。

話を聞いたふたりともが、しばらく無言でいた。

「岩田を排除するには罠も有効でしょうが、竜崎さんはなぜそこまで協力を?」

ようやく口を開いた守谷が、聞かれたくない部分を突いてくる。なんと答えようかと考えている間に、坂下が太い息を吐いた。

「俺が元気なうちに岩田を破門しておくべきだった。決断を誤ったばかりに、達哉には苦労をかける」

知らずに助け船を出してくれ、思わずほっとする。

「そんな、組長……」

「すべて任せるから、守谷とよく打ち合わせしていいようにしてくれ」

はい、と頷くしかなかった。

あまり長居しても、と達哉と守谷は早々に屋敷を辞去する。

「組長、また少し痩せたみたいだ」

「全快はしない病気ですから。ですが、病変の拡大は抑えられていると聞いていますので、今すぐどうということはないはずです。こうして療養している間に特効薬が見つかるといいのですが」

「組長の側に早く戻りたいのか？」

「すみません」

「責めているわけじゃない。俺にも心を傾けてくる若いのが増えているから、そのうち使えるやつもできるだろう。もう少し、頼む」

「ええ、もちろんです。それより狙撃のことですが。本当に東和会の？」

探るように見られて、達哉は首を振った。

「わからない。調べてみてくれるか。東和会の方に巻き込まれたのならいいが、もし俺自身を狙ったのなら。岩田は東和会の下っ端と繋がりがあったはずだから、俺があそこにいたことを承知していただろう。手っ取り早く始末しようと考えて襲撃してきたとも十分考えられる。あそこならうまくすれば、東和会の揉め事と思わせることができるからな。今俺たちが迷っているように」

言って、達哉は唇を歪めながらこめかみに手を当てた。

「承知しました」

事務所に戻ると、守谷とその直属の舎弟たち、そして達哉が見込み、守谷が太鼓判をついた信用にたる数人の舎弟を呼び寄せた。どこから漏れるかわからないから、罠について知っている者は少ない方がいい。

竜崎からは、何度か電話があった。用件を話し合うだけの短いものだ。通話を切った途端、毎度物足りなさを味わわされる。そのたびに、これまではどれだけ竜崎が自分の方から歩み寄ってくれていたかを実感した。

そもそも彼から働きかけてくれなければ、こちらからは手が届かない高みに竜崎は立っている。上部組織で数千人、下部組織まで含めると構成員がどれだけいるかわからない全国規模の東和会と、地域の繁華街を守っているだけの坂下組の間には、超えられない格差がある。

そんな男が、自分を側に置きたいと言うのだ。

「どうかしている」

呟いたら、守谷に「何か?」と聞き返された。

「いや、なんでもない」

うっかり赤くなってしまった頬をごまかすために顔を背け、竜崎が知らせてきたタイムスケジュールを記入したメモを眺める。頭に叩き込んだら、証拠を残さないために焼き捨てなければならない。そしてその焼け残りを、岩田が発見するのだ。

どう考えても、達哉が岩田に口頭で情報を漏らすのは不自然すぎるという結論になって、うっかりという偶然を装えばいいだろうと変更したのだ。キーワードが残るように上手に焼け焦げを作る工夫がいるが、演技力は必要ない。

海沿いの、あまり人通りのない倉庫を手配した。自分の配下を、わざとらしく何回も下見に出している。岩田は今はまだなんのことかはわからないだろうが、こちらの動きは見張っているだろうから、倉庫の件は把握しているはずだ。

あとは業界の情報屋に、東和会がヤクを扱い始めるという噂を流し中華系の連中の耳に入るように仕向ける。そして坂下組が関わることをこのメモで岩田に確信させたら、罠の糸が繋がるのだ。

「サツが嗅ぎつける前に片づけたいですね」

達哉が心配していることを、守谷が口にする。

「そうだな。早くしないとマトリも首を突っ込んでくるぞ」

東和会ほどの組織が麻薬に手を出したという情報が漏れたら、麻薬関係の刑事や厚生労働省の役人たちが大挙して群がってくるだろう。

「鉢合わせさせることができたら、面白いんですがねえ。それこそ一網打尽で」

そうなったら確かに面倒が省けていいと達哉も思うが、

「あまり高望みはしない方がいい」

二兎も三兎も追うことになって、作戦を台無しにしかねない。

「そうですね。今は岩田を排除することを最優先するということで」

話の間も手を動かして、丁寧に焼け焦げを作っていた達哉が、

「これでどうだろう」

と守谷に示した。

「ああ、いいですね」

じっくりと確かめてから、守谷はそれをゴミ箱にふわりと落とした。

「焼いた臭いが残っているうちに岩田を呼びますか」

「そうしてくれ」

打ち合わせ通りに達哉は所用で出かけ、守谷は岩田に留守を頼むと言い置いて後を追う。

部屋に入った岩田が鼻を蠢かせているのを確認したと、笑いながら守谷が達哉に報告した。あとは腹心の舎弟に岩田の行動を見張るように命じてある。必要な部分だけ読めるようにしてある焼けたメモを発見したら、岩田はさっそく行動を起こすはずだ。

竜崎が手配した小麦粉が、倉庫に運び込まれた。

「準備はできたぜ」

と竜崎が電話してきたちょうど同じときに、事務所の方からも、

「岩田の動きが慌ただしくなっています」

と報告が入った。どうやらメモを見つけたらしい。

書かれたタイムスケジュールによると、今夜運ばれた荷物は、明日まで倉庫に保管されていることになっている。ただし、はっきりした日付は読めないようにしてあった。岩田の手配が間に合わなければ、今夜が明夜になり、保管は明後日までとなる。岩田がその場に来なければ、何も始まらないのだ。

深夜近く、達哉たちは倉庫周辺に散らばってようすを窺っていた。岩田はおそらく、利権を独り占めしようと自分の手の者だけを動かすだろう。裏切りに等しいそれは、中華系の連中の耳に入るようすでに手配済みだ。ここで彼らが鉢合わせたら、どんな騒ぎになるか。こちらの手を汚さないままで岩田が潰れればいいと、達哉たちは考えていた。

東和会からも、今夜は槙島とその舎弟が参加している。竜崎も間に合えば来るという話だが、まだのところを見ると今夜は無理なのかもしれない。

深夜を過ぎて、岩田はまだ現れない。緊張しながら待つ達哉の側には、憮然とした表情の槙島がいた。理路整然と数式を解くのが趣味だというだけあって、仕事に情を絡めるのは嫌いらしい。達哉絡みで余計な仕事をさせられている、という思いがあるのだろう。

正直居心地は悪いが、こちらが頼んだわけじゃないと、達哉も開き直っていた。いちいち相手の気持ちなどかまっていられない。

その槙島の携帯に着信があった。マナーモードにしてあっても、潜んでいる身には振動音を甲高く感じてしまう。

「はい、はい、わかりました。え？」

小声ながら丁寧な口ぶりから察するに、相手は竜崎らしい。一言二言交わしてから、急に槙島が声を荒らげた。

「いったい何を考えているんですか！」

言った途端、はっと口を押さえて、自分の失態に舌打ちしている。機械のように冷静な槙島もときに声を荒らげるのだと、笑みを誘われた。

槙島は、ぎゅっと眉を寄せて通信を切った携帯を睨みつけていたが、達哉が自分を見て

いるのに気がつくと、

「すみませんが、全員撤退するように命令してください」

と、とんでもないことを言い出した。

「どういうことだ？」

「まもなくここに警官隊が駆けつけるのだそうです」

「はあ？」

「うちの若頭が手配したんですよ。いったいどんな手品を使ったんだか。小麦粉の袋に少量ですが覚醒剤を仕込んであるそうです。つまりここに居合わせていたら、こっちも麻薬取締法違反で検挙されることになります。全くもうあの人はっ。手順をことごとく無視してくれる」

忌々しそうに吐き捨てて「急いで」と達哉を急かす。

達哉は守谷に連絡し、指図して舎弟たちを引かせていく。

「直に見ることはできませんが、リアルタイムの映像は用意できます」

岩田の姿を確認しておきたいと言ったら、槙島にそう返された。倉庫のどこかに、カメラが隠してあるのだという。手回しの良さには感心させられる。扱いづらくても、こういう機転が利き頭の回転の速い人間が側にいると重宝する。

倉庫から少し離れた場所にあるアパートに集結した。あらかじめ何かのときのために一室を確保しておいたのだ。舎弟たちは目立たぬように車に分散して、アパートの周囲に待機させる。

室内にはすでに機材が運び込まれていて、達哉たちが到着するとテレビに映像が映り始めた。

倉庫の外側のカメラが、まだ静かな戸外を映している。

「音は出ませんから」

槙島はそれだけ告げると、自分はあちこちへの連絡に掛かりきりになった。達哉は側にいた守谷に肩を竦めてみせ、次々に移り変わる映像に黙って見入っていた。

外、中、そしてまた外。と順番に映していくのは、カメラが自動的に切り替わる設定になっているからしい。いったい幾つカメラを設置してあるのか。

やがてそのなかに人影が入ってくる。灯りがないせいで顔まではわからないが、体型から岩田だと想像できる男が指図して、何人かが倉庫の扉に取りついている。鍵をこじ開けようとしているようだ。

「裏口にもちゃんと人を配置しているのですかね。周囲を警戒しているようすもないし。我々が警備していたらどうする気だったのでしょう」

携帯を閉じた槇島が、テレビ画面を見ながらふんと鼻を鳴らした。作戦も何もない、稚《ち》拙《せつ》なやり方が気にくわないようだ。

「さあて、お出ましのようですね」

槇島が冷ややかな声で呟いた。

扉が開くのを待っていたかのように、わらわらと人が集まってきて、岩田たちと揉み合いになっている。ときおりぎらりと光るのは、互いに刃物を振り回しているせいだろう。

「銃を持ち出してくれなければいいんですが」

槇島の言葉に、達哉が反対した。

「いや、いっそここで持ち出してくれた方が、刑期が増える」

「……意外にえげつないことを言われるんですね」

「そうでなければ、上には立てないだろう」

揶揄する槇島に、あっさり言い返す。

そのまま画面に視線を戻し、じっと見ていた達哉がぴくっと反応した。

映像は次々に駆けつけるパトカーを映し出している。抗争していたやくざたちがバラバラと逃げまどう。映画の一場面のようなのに音がないので、酷く違和感を覚えた。

達哉が見ていたのは、画面の隅の方だ。物陰に誰かが隠れている。周囲の気配を窺ってから、そろりと別の物陰へ。

「岩田だ……」

呟いた達哉に、居合わせた全員が注目した。映像が切り替わるので、時々姿を見失う。が、なんとかあとを辿っていくと、少しずつ騒ぎから遠ざかる方向へ向かっているのが見て取れた。

「どうして誰もやつに気がつかないんだ。くそっ、このままでは逃げられる」

ぱっと立ち上がった達哉は、止める暇もなく部屋を飛び出した。

アパートから倉庫まで走り抜ける。すでにあちこちにパトカーが止まっていて、道路はすべて封鎖されていたが、車でなければくぐり抜けられる隙間はあるものだ。

達哉が岩田を見つけたとき、相手は封鎖線のほとんど間近にまで逃げ延びてきていた。ここまで大がかりな罠を敷いて一網打尽にしながら、肝心の岩田を逃がしたのではなんにもならない。

達哉は夜の闇を利用して身を隠しながら、するすると死角を擦り抜け、岩田に近づいていった。

建物の壁に背を押しつけながら透かし見た先で、岩田が蹲《うずくま》っているのが見えた。パトカーの赤色灯は少し離れたところで点滅していたから、封鎖線は突破したことになる。

不手際な警察に思わず舌打ちしてから、達哉は周囲を見回した。

どこで押さえるか。

ここではまだ囲んでいる警察に近すぎるから、騒ぎを起こすのはまずい。こっちまで捕まってしまう。

岩田が逃げる後ろから、達哉も身を潜めてついていった。そして、逃げ切ったと安心して立ち上がったその背後から、

「岩田、ひとりで逃げるなんて薄情じゃないか」

と声をかけたのだ。でっぷり太った巨体が、ぎくりと硬直する。恐る恐る振り向く小心な態度が笑えた。

「流……」

闇夜に仄《ほの》白い達哉の顔が浮かんでいた。それを見た岩田の顔がみるみる憎悪に歪む。

「嵌められたのか」

ようやく自分の今の苦境が、達哉の策略だったことに気づいたのだろう。唸《うな》るように達哉の名を呼んだ。

「先に嵌めようとしたのは、そっちだろ。中華系の奴らと組んだりして。東和会の下っ端とも、確か繋がりがあったな。『軟弱な若頭』が聞いて呆れる。自分のところの若頭をも

う少し庇ったらどうだ」

「おまえみたいなやつを若頭になど、俺は認めん。差し向けた舎弟の銃弾も外しやがって、悪運が強いだけじゃないか」

「狙撃させたのは、おまえか」

そうとわかればますます怒りが込み上げてくる。

「おやじは誑《たぶら》かされたんだ。おまえのような軟弱なやつ、俺の指一本で捻りつぶせる」

「やり合ったこともないのに、俺が軟弱だとどうしてわかるんだ？　直に手を出さなかったのは、やれば負けるとわかっていたからだろうが」

「なんだと！」

挑発する達哉に、岩田の顔が怒りで赤黒く膨れ上がった。長い腕で掴みかかってくる。突進する巨体を軽く交わして足を伸ばすと、意図したとおり、岩田は蹴躓《けつまず》いて倒れ込んだ。

「何もないところで躓くとは、足腰が弱ってるんじゃないのか」

「う、うるさいっ。今のは、おまえが！」

ぺっと口に入った土を吐き捨てると、岩田は今度は立ち上がった勢いで頭突きを繰り出してきた。

「おっと」

それをぎりぎりで避けて突き出された腕を取り、相手の勢いを利用して投げ飛ばした。

「くそっ」

地面に這い蹲ったまま、岩田が懐から銃を掴みだした。安全装置を外して、真っ直ぐに腕を伸ばしてくる。さすがに達哉はごくりと唾を飲み込んだ。警察がいるここで、持っていたとしてもまさか銃は出すまいとたかを括っていたのだ。

「これで形勢逆転だな。手を上げろ」

達哉は構えていた腰を伸ばし姿勢を正すと、岩田と正対した。

「ここで撃てばすぐに逮捕されるぞ。ようやく逃げてきたんだろうに」

「うるさいっ。おまえを殺《や》れるなら、少しぐらいの刑期は務めてやるさ」

「それは剛毅《ごうき》なことだ。で、何年くらいくらう気だ？　殺人と銃刀法違反と麻薬取締法違反、凶器準備集合罪も適用されるかもしれないな。下手をしたら数十年か？　務め上げて出てきたら、おまえ何歳になる？」

岩田にからかうような言辞を弄《ろう》しながら、達哉の頭はめまぐるしく働いていた。岩田の射撃の腕はたいしたことはないと聞いている。急所をやられる可能性は、かなり低いと見ていいだろう。だったらいちかばちか……。

飛びかかろうとぴくりと身体が動いたとき、

「岩田、銃を捨てろ」

低い声が達哉の背後から響いた。

「だ、誰だ！」

焦って叫んだ岩田の前にゆらりと現れたのは、堂々とした体躯をダブルのスーツで包んだ竜崎だった。右手に銃を構える彼の姿は、闇の中で獰猛な獣の気配を漂わせている。

「竜崎……、どうして」

呟いたのは、達哉だった。今夜は来ないと思っていた。

「言っただろ、あんたはもの凄く運がいいんだって。危機には必ずナイトが現れることになっているんだ」

「ナイトというより盗賊か海賊みたいだけどな」

緊迫した場面なのに、達哉の身体から緊張感が消えてしまう。安心してというより、竜崎の余裕に、肩に入っていた力が抜けたのだ。そのぶん、柔軟に身体が動く。

「ば、ばかにしやがって」

ふたりのやりとりは、岩田をさらに激昂《げっこう》させたようだ。

「こ、殺してやる」

引き金にかかった指に力が入る。必死の形相《ぎょうそう》でこちらを睨む岩田に、竜崎は薄く笑った。

「やめておけばいいのに」

「だまれ！」

怒鳴った弾みに岩田の銃を持つ手にさらに力がこもる。が、その一瞬前、竜崎が放った銃弾は、岩田の銃を弾き飛ばしていた。岩田の呆然とした姿を見つめ、竜崎は消音装置のついた銃を懐にしまった。

「行くぞ」

と達哉を促す。

物音を聞きつけ、警察が駆けつけてくる。あとは彼らに任せればいいのだが。

達哉は岩田に駆け寄ると、利き腕の右手を掴んでひと思いに捻り上げた。ぼきっと嫌な音がして、岩田が悲鳴を上げる。

「組長の信頼を裏切った報《むく》いだ」

「達哉！」

苛立って叫んだ竜崎の元へ駆け戻り、一緒に走り出す。折れた腕を抱えて転げ回っている岩田は、今度は間違いなく警察に捕まるはずだ。

物陰で待機していた車が、ふたりを見て近寄ってきた。慌ただしく乗り込むと、車は急発進で危険な現場をあとにする。

「やれやれ、肝が冷えたぜ」

竜崎の呟きに、終わった、という実感が、込み上げてきた。確かに一時は危なかったが、最後は計画通り、岩田を排除できた。加えて目障りな中華系の奴らも。これでしばらくは仲町も平和になるだろう。

「俺は、本当に運がいいのかも」

思わず呟くと、竜崎にバシンと背中を叩かれた。

「何を今さら。前からそうだと言っているじゃないか。そもそも運がよくなければ、モナコで俺に会えないだろう」

その自信を少し分けてもらいたいと、思わずため息をついてしまう。

車は真っ直ぐに竜崎のマンションに向かっている。それに気がついて、

「アパートに戻らなくていいのか」

と尋ねると、

「アリバイを作るために全員解散させておいた。今頃は深夜営業の店や、女のところにしけ込んでいるはずだ。鼻薬《はなぐすり》を効かせれば、宵《よい》のうちからいたと証言させるのは簡単だ」

という返事が返ってきた。

用意周到な竜崎に、自然と笑みが零れた。アリバイまで手配済みとは。確かに事件に絡んで、周辺の関係者にも疑惑の目が向くだろう。無関係だと第三者が証言してくれれば、それに越したことはない。

「俺たちはどうする。俺のアリバイをあんたが証明しても、誰も信じてはくれないだろう」

「俺たちはいいんだよ。こういう現場仕事に今さら手を染めるとは、それこそ誰も思わないからな」

マンションに着くと、竜崎は車を帰してしまった。これでもう今夜は帰宅できない。嫌ならここに来る前に行き先を変更させることもできたが、達哉は黙っていた。

事件は終わった。岩田を排除したからには、達哉が坂下組を完全に掌握するのは時間の問題だ。東和会とも、揉めることはないだろう。

竜崎は決断を求めてくる。そのために、得にもならない坂下組の内紛解決に手を貸してくれたのだから。

どうしたいか、と聞かれたら、達哉の返事は決まっていた。竜崎の側にいたい、だ。しかし、信頼して預けられた坂下組をどうするかと考えれば、自分勝手を通すことはできない。立場の違う極道同士、別れるしか道はない……。

エレベーターで最上階に上がる間も、達哉の眉間に寄った皺は晴れることはなかった。

その苦悩を、竜崎が察しないはずもないのだが。

部屋に入るなり、靴を脱ぐまもなく抱き締められて唇を塞がれた。

「ちょ……っ」

待ても何も言う暇などなかった。

ひたすら吸い上げられ、押しつけられ、歯が当たってどこか傷ついたようだ。それほど激しく求められたキスだった。

「放さないからな」

唸るように言うと、竜崎はそのまま唇を滑らせて喉に噛みついた。

「……っ」

おそらく噛み痕がくっきりついたことだろう。しかも噛んだまま、さらにぎりぎりと歯をたてられる。食いちぎられるかと思ったほど、竜崎は容赦なかった。それなのに達哉は、抵抗もせず滑らかな喉を差し出している。

「なんで、止めない」

血が滲んだ喉を、竜崎が舐め上げた。

「止めたくないから」

「痛いだろうに」

声を荒らげる竜崎に、達哉は薄く笑った。壮絶な色気を含む流し目が、竜崎を昂らせる。

「自分でそうしたんだろ」

「だから、止めろよっ」

言いながら、竜崎は達哉を抱き締めた。

「俺はあんたを傷つける気はないんだ。だが逆上したら何をするかわからない。銃口を突きつけられているのを見たせいで、今夜は気持ちが荒《すさ》んでいる。この間の狙撃にも恐怖を感じたが、今度は目の前で……。もう少しであんたをなくすところだった……」

竜崎が達哉の肩に額を押しつける。がっしりした身体が緊張で強張っていた。

「俺は死ぬ気はしなかったな。なにしろ幸運の女神を背中にしょっているそうだから。この前の銃撃は自分が命じたと白状した岩田も、悪運が強い、と俺のことを言っていたし」

達哉は竜崎の背中に腕を回して、柔らかく抱き寄せた。

「狙撃の真犯人は、岩田か。あれは本当に際どかった。こめかみの傷を見たとき、心臓がぎゅっと縮んだぜ。そんな幸運がどこまで続くか。ひとはいつかは死ぬんだ」

竜崎が呻くように言う。

「そりゃあ、死ぬだろうけれど、でもそれまでは生きている」

竜崎はまだ達哉の肩に伏せたままだ。逞しい背中に、ときおり震えが走っている。これだけの男が自分のために、と思うと、心の底から愛おしいと思う気持ちが湧き上がってきた。同時に、別れるしかないと決めていた心が揺らぎ始める。

確かにひとは死ぬ。自分たちの稼業なら、それは常に覚悟していなければならないことだ。そんな死と隣り合わせの生活で、ほんの少し潤いを欲してはいけないのだろうか。

普段はそれぞれの立場で責任を果たし、会えるときに会えばいい。その代わり会ったときは、互いのこと以外すべてを忘れて愛し合う。

そういう関係があってもいいのではないか。もし竜崎が、それでいいと言うなら。

「竜崎……」

「俺の下の名前は義雄だ。最後にそう呼んでくれれば嬉しい」

「最後って……」

「決めているんだろ。俺より組を選ぶと」

ついさっきまでは、そのつもりだった。だが竜崎の達哉に対する強い想いに触れて、心が動いている。普段の自信に満ちた竜崎になら言える拒絶の言葉が、今の彼にはとても言えない。

「すまない。組長から受けた恩は、裏切れない」

「……やはりな」

「常に、竜崎、じゃなくて、義雄を選ぶとは言えないが……」

「それはできないだろう、わかっている」

「できないとかじゃなくて……」

「少しは俺のことを想ってくれていたか」

言いかけるとまた遮られる。最後まで言わせない竜崎に苛立ちが募《つの》った。それでも苦痛を堪えたような声で言われると、堪らなかった。達哉は竜崎の背中に回した腕に力を込める。

「想っていた。悔しいけれど、あんたのことは好きだ」

「達哉……。まさかその台詞を言ってもらえるとは。強引にことを運んだのはわかっているから、無理だと思っていた。嬉しいぜ。ありがとう」

ありがとう、と言いながらふっと耳許で吐息が漏れる。耳朶に息がかかって、快感で背筋が震えた。

「ありがとうって、だから、俺は……」

言いながら、別れることを前提にしているらしい竜崎に、もどかしい気持ちが込み上げる。本当に、いつもの自信満々の竜崎はどこへいったのか。竜崎の態度に振り回されている自分にも腹が立ってきた。

思わずぐいと彼を押しやる。

「別れる気はないって言おうとしているんだ、ちゃんと聞けっ」

顎を上げ、竜崎を睨み上げた。

「それはどういう……」

一瞬、竜崎の口許に笑みがあったような気がしたが、弱々しく返された言葉に気のせいだろうと退け、一気に言ってのけた。

「常に側にいることはできないが、俺からも会いに行く時間を作るから、できればこのままの関係を続けたい」

「よっしゃあ、もらった」

いきなり破顔して握り拳を作った竜崎をしばらくぽかんと見たあとで、達哉はみるみる眉間に皺を寄せた。竜崎が萎《しお》れた態度を装っていたのは、自分に譲歩させるための芝居だったのかと思うと、噴き上げる怒りで身体が震え出した。

怒りで身体が震えるという経験は初めてだ。拳をぎゅっと握り締め、突き上げる怒りを叩きつけるように、渾身のストレートで竜崎を殴り倒す。

達哉は床に尻餅をついた竜崎の前に立ちはだかり、怒気で溢れる目で睨みつけた。

「ま、殴られても仕方がないな」

睨まれているのにちっとも堪えたふうもなく、竜崎は痛む顎をさすった。

「なんか関節がおかしい。顎が外れたか」

「知るかっ。しゃべれるなら外れてはいないだろう」

腹が立って、もう一発殴ってやろうかと思う。達哉から滲み出る不穏な気配に、竜崎はなさけない表情で言い募る。

「一発で勘弁してくれ。あんたの連れ合いだぞ。顔が歪んだら嫌だろうが」

「誰が連れ合いだ！」

「あんたの言ったのは、つまりそういうことだろう？　まさか男が一度言ったことを翻したりはしないだろうな」

突っ込まれて達哉はぐっと詰まった。確かに自分は会いに行くと言った。つまりはつきあいを了承したことになる。しかし、別れると決めていたのを翻したのは、竜崎の態度に絆《ほだ》されたからだ。なのにそれが芝居だったとしたら。

納得できない、できるわけがない。

「俺が本気なのは芝居じゃない。あんたからいい返事をもらうためにほんの少し脚色はしたが、そいつは殴ったことでちゃらにしてくれ。俺も痛い目を見たことだし、おあいこってことで。あとは、恋愛問題だな。遠距離恋愛、または単身赴任か？」

「な……っ」

立ち上がった竜崎は、尻のあたりを軽くはたいてから達哉に手を伸ばしてきた。

「愛している」

「……その一言で何もかも許されると思うなっ」

「だが、本当のことだ。何を捨てても無理強いしても、俺は達哉が欲しかった。心が駄目なら身体でも、欠片でもよかった。今夜あんたに拳銃が突きつけられているのを見て、肝が冷えた。もしあんたが殺られたら、相手を殺して俺も死ぬと思った……」

低い声で淡々と物騒なことを言っているのに、内容は情熱的な告白の言葉だった。低音の魅力的な声で紡がれる真摯な告白は、怒りで沸き返っていた達哉の心に染み込んでくる。なし崩しに抱かれたくないと心は叫んでいるのに、身体は引き寄せられるまま竜崎の腕に収まっていた。けれど心が波立っているぶん、竜崎を睨み上げる目にはまだ憤りがある。

「もう、睨むなよ」

竜崎に苦笑されてしまった。それでも、おとなしく目を瞑る気にはなれなくて、達哉は目を見開いたまま竜崎のキスを受けていた。

あんな萎れた竜崎より、強引に思い通りにするほうが彼には相応しいと思いながら。

しっとりと合わさった唇から、するりと舌が忍び込んできた。柔らかく口腔を舐め回り、待ち受けていた達哉の舌と出くわした。舌を絡め合っていると、悩ましい水音が聞こえてくる。

絡んでいた舌が解け、竜崎は上顎の内側を擽ってきた。ぞくりと微弱な快感が走る。歯列の裏側を伝い、今度は下顎へ。自在に動く舌を捕らえて歯を立てようとしても、するりと逃げられてしまう。

口腔内で攻防が続いている間も、竜崎の手は休みなく達哉の身体を這い回っていた。次々とシャツのボタンを外していき、前を開いて素肌に触れる。ベルトを外されファスナーも下ろされると、スラックスはすとんと下に落ちてしまった。腰を擦りつけられ、股間のモノが一気に熱を帯びる。これほど急激に昂ったことはない。

「あ…」

頼りない声が漏れた。声は我慢しようと思ったのに、すっかり開発されてしまっている乳首を指で押し潰されると、それだけで身体中の官能がざわめいてしまう。昂り始めていた股間が、さらに膨らみを増す。下着にじわりと露が滲んだ。身体のあちこちに熱が広がっていく。

「あ、んっ……、ぁ」

「感じやすくなったな、達哉」

嬉しそうな口ぶりが気に入らない。弄り倒してこんな身体にした当人に、言われたくはない。

「……責任は取るから、ほかの男に触れさせるなよ」

所有権を主張するかのように、至る所に吸いつかれ、花びらのような痕を残された。膝ががくがくして立っていられなくなる。頽《くずお》れそうになった身体を、さっと抱き上げられた。

「下ろせ！」

咄嗟に怒鳴っていた。いくらなんでも横抱きにされては、男として情けない。

「悪いな、俺も今夜は余裕がないんだ」

竜崎は足でベッドルームのドアを蹴り開けると、達哉をベッドにどさりと下ろした。いつもの丁寧なやり方ではない。本当に気が急いているのだろう。それはそれで求められている気がして悪くはない。けれど、簡単に絆される自分も許せない。

目の前で竜崎が服を脱ぎ捨てているのを見て飛び起きようとしたのに、いち早く全裸になった彼が覆い被さってきた。竜崎が手を伸ばし、頭上のもの入れからボトルを取り出している。その間達哉は、無駄と知りつつ足掻いていた。それなのに、

「達哉、欲しい」

艶っぽい目で見下ろされると、たったそれだけで足掻いていた手足から力が抜けていっ

た。なんて不甲斐ないと自らを叱咤しても、与えられる快感を切望している身体は、理性の言うことなど聞きはしない。

竜崎は達哉の下着を素早く剥ぎ取ってしまうと、腰を持ち上げ、これ以上無理というほど足を押し開いた。何もかも晒す恥ずかしい体勢に、思わず顔をシーツに埋めていた。とても正気では直視できない。

そのあとで竜崎はボトルの蓋を開け、液体を手に受けた。掌を摺り合わせて液体を温め、湿り気をまとった指が直接後孔に触れる。蕾の皺を伸ばすように揉み解され、少しずつ指で中を濡らされる。

「うっ、ううっ……」

歯を噛み締めて、奥を広げられる感覚に堪えた。今ではそのあとにとてつもない快楽が控えていると知っているが、それでも最初は違和感を甘受しなければならなかった。

「声が聞きたい」

囁いてくる竜崎の股間も、すでに天を突くほど成長しきっている。触れてもいないのに、その先端に露を浮かべているところを見ると、本当に限界ぎりぎりで堪えているのだろう。

途端に、早くそれが欲しいと思ってしまった。

ごくりと喉を鳴らして、じわじわと手を伸ばしていく。ようやく灼熱に触れたとき、竜

崎がびくっと身体を揺らした。

「触、るな。今触られたら、保《も》たない」

軋るような声で言って、達哉の手を払い除ける。

「だったら、早く……」

俺だって欲しいんだ、と感じきって潤んだ瞳を向けると、竜崎が苦しそうに眉を潜めた。

「まだだ。今挿れたら、裂ける」

「いいからっ」

苛立ちで声を荒らげたが、竜崎は鉄の自制心で首を振る。差し入れたままの指を中でぐるりと回して、くつろげる手順を再開する。

もどかしさで喚《わめ》きたくなった。奥の一番感じるところを何度も突かれ、炙られるような快感にのたうっているのに、何をぐずぐずと。

指はもう三本入っているのだ。

竜崎がボトルの液体をもう一度足して、達哉の奥へ運ぶ。ぬるぬるした感触が、いつもと違う。もう駄目だ、我慢できないという瞬間を何度もやり過ごし、ようやく竜崎が蕾の入り口に先端を押し当ててきた。狭い入り口がぐっと開かれる。

灼熱の杭を押し当てられた気がした。そのままずぶりと貫かれ、太い部分がなんとか通り抜けるまで、達哉は歯を食いしばっていた。

最奥を侵される独特の感覚。その中にはすでに痛みだけではなく、物狂おしい快感の芽が生まれていた。

「ああっ」

腰が密着したとき、達哉は思わず声を上げていた。深々と竜崎を呑み込んでいる。入り口は彼の形に精一杯開き受け入れた。

ようやく中の空洞を完全に満たされて、じわじわと快美感が押し寄せてくる。痛みはまだ残っていたが、すでに快感の方が凌駕していた。そしてそれは、竜崎が達哉の昂りをゆるゆると扱き始めたときに大きく膨れ上がった。

試すように少し腰を動かされるだけで、蕩けるような快感が広がっていく。昂りを扱かれて、堪らず腰を揺すっていた。もっと密着したいと竜崎の腰に足を絡め、引き寄せる。

皮膚の表面から、そして腰の奥から、扱かれている雄芯から、じりじりと快感が寄り集まって、さらに大きな炎に結集していく。

身体が熱くて堪らなかった。じっとしていられなくて、竜崎にしがみつきながら激しく腰を動かしていた。突き入るタイミングをずらされると、違う部分から快感が立ち上る。

夢中になって締めつけて、欲しいところへと誘導する。

「中の使い方がうまくなった」

掠れた声で揶揄された。誰のせいだ、と責める言葉は意味のない呻きに溶けた。

「あうっ、うう……、んっ」

「イくぞ」

いつもよりずっと早く、竜崎が宣言した。腰をがっちり捕まえてずんずん奥を突いていく。激しい抽挿に、達哉の中が歓喜の声を上げた。竜崎の熱塊を締めつけ味わい、襞で包み込んで放すまいと追いすがる。律動を刻みながら、竜崎も押し寄せる悦楽の波に眉を寄せていた。

腰を揺さぶられながら、不意に伸びてきた指で胸の尖りを押し潰され、腹の間で揉まれていた達哉の昂りが握り締められる。先の括《くび》れに爪を立てて押し開かれると、限界に達していた達哉は、勢いよく白濁を放った。

「あああぁぁぁ……っ」

背筋を引き攣らせ仰け反って、奥に食《は》んだ竜崎をきつく締めつけながら、長い放出を終えると、がっくりと沈み込んだ。

「もう一度だ」

竜崎が小刻みに腰を揺らすと、中で卑猥な水音がする。すると竜崎も今の衝撃で達したのだ。それでいて、熱塊はいっこうに衰えを見せず、抜かないまま二回目に挑んでいる。達したあとでさらに感じやすくなっている達哉には、堪らない責め苦となった。

どこに触れられても、何をされても全身が痺れたようになって快感が走り抜けるのだ。動かないでくれ、触らないでくれと哀願しても、竜崎はさらに達哉を追い詰めるべく、激しい愛撫を仕掛けてくる。

息も絶え絶えになりながら、二回目の頂点に押し上げられた。

「いやぁ……、あぅ…っ」

息が苦しい。呼吸がままならない。胸は弾みきった動悸を刻んだまま、なかなか治まらない。喘ぎ喘ぎ呼吸しているのに、

「まだだ」

と竜崎が無情な宣告を下した。三度目に達したあと、どうしてイかないんだ、と達哉は心で竜崎を詰る。自分だけ立て続けにイかされて、男としての矜持が軋む。

けれどゆらりと腰を動かされると、霞が掛かったような頭から、快感以外の感情が滑り落ちていってしまうのだ。

そのあと何度挑まれたのか、わからない。精根尽き果てて意識を飛ばしても、竜崎にきつく抱き締められていたのだけは、記憶に残っている。

恋人として、その言い方を認めるのは今でも嫌なのだが、それはともかく、これほど欲してくれるのは、嬉しいと思わなければならないのだろう。

しかし達哉としては、この半分くらいの情交で、十分満足できると思うのだ。

強運の持ち主だと言われている自分だが、竜崎義雄を手に入れたことが、果たして幸運なのかどうなのか。

ただこうして眠っている間も、放さないとばかり強く抱き込まれているところをみると、逃れられない運命だったことだけは、間違いないようだった。

あとがき

こんにちは、または初めまして。今回は、スピンオフということになるのでしょうか。ガッシュ文庫様で初めて出していただいた「紳士で野獣」に出ていた竜崎が主役です。

担当様と、次はどんなお話にしましょうか、と打ち合わせ中、実に様々なアイデアが出てきました。

たとえば、小国の大統領または王様王子様と商社マン。商社マンが貴重な資源の独占契約を求めて行った先でクーデター騒ぎに巻き込まれ、大統領もしくは王様王子様（誰にするか決まってなくて……笑）を守って救国の英雄になるお話、もちろん最後はラブラブですよ。

または、政治物語（笑）。首相と政治の裏にいるフィクサー。これだと、かなり年齢が高くなりますね。さすがにシルバーBLはまだ時期尚早（笑）、なので政治家と秘書とか、政治家と政治記者とか。少し若いカップリングが次々と。

あるいはヤクザも面白そう、とか。ヤクザと一般人、ヤクザと弁護士、ヤクザと刑事、ヤクザ同士。敵対する組織に属していればロミジュリにもなるし。跡目争いとかもいいですね、等々。

担当様と話していると限りなく妄想が膨らんで（笑）、ああでもないこうでもないと話しているのも楽しかったです。が、いつまでも楽しんでいるわけにもいかず、話し合ったすえ、結局ヤクザに落ち着きました。

「ヤクザなら、竜崎がいますね」と言われたのは担当様でした。「確かに。でも敵役みたいな人でしたよ、大丈夫ですか」と聞いたのは橘ですが「大丈夫です。櫻井先生が描かれた竜崎は、かっこよかったですから」ときっぱり返されて、思わず笑ってしまいました。かっこよければなんでもあり？　ありですね。自分でもそう思います（きっぱり）。少々酷いことをしても、非道でも、もちろん極道でも。いい男なら、そして最後に熱い愛を告白するなら許せてしまいます。や、でも、本当にかっこよかったですよね、竜崎。キャララフ当時からハートを狙い撃ちされていました。

その竜崎を主役の片割れに持ってくるとして、じゃあ相手役は？　どんな男ならいいのでしょう。これにも担当様が次々とアイデアを出してくださいました。もしかして担当様、竜崎がお好きでしたか？（笑）。

出会いは派手な方がいいと、モナコのカジノということに。どうしてマカオとかラスベガスじゃなくてモナコなの、と思われた方、ひと言で言えば、たんなる趣味の問題です（笑）。モナコにはなんとなく貴族的なイメージがあるのですよ。れっきとした大公家が治める君主国ですからね。華やかな話題には事欠きませんし。

そして、出会いのあと帰国してからは、今度は跡目争いが絡みます。というか、そもそも受がモナコに行ったのもそれのせいでした。竜崎、助けるとみせて、けっこう鬼畜です。さすが極道（笑）。もちろん受けも極道ですから負けていませんけれど。男のプライドがぶつかり合って緊迫した雰囲気に、というのは大好きなパターンです。趣味全開と言われても仕方がないところですね（笑）。

ところで、お話的には「紳士で野獣」の内容は引きずっていません。G機関も今回はお休み。竜崎という魅力的なキャラを借りてきただけですので、これ一冊で十分読めるはず、と思っているのですが。よろしければ前作もぜひ（ちょこっと宣伝を……）。竜崎が気にかけていた彼が出てきます。

さて、今回はたっぷりあとがきページをいただきましたので、ついでに近況などを。

我が家の年寄りわんこの犬小屋で、近くを彷徨っていた野良猫が子供を産みました。なんともびっくり仰天しましたよ。わんこは小屋に入れずにうろうろしているし、どうしたらいいのだ、とこちらも頭を抱えているうちに、野良猫が子供を連れて出て行ってくれ、ほっとしました。犬と猫は天敵と思っていましたが、こんなこともあるのですねえ。その後親猫は、図々しくわんこの餌を狙ってやってきます。ちゃんと子育てしているのかなあ、と心配になるのですが。

それと前々回の後書きで書いた海外旅行はついに実現しませんでした。お仕事が〜（泣）。パスポートは取ったので、近場の韓国ツアーにでも行ってこようかしら。なにしろ家族の中で海外旅行の経験がないのは橘だけ。あとはタイとかオーストラリアとか中国とか、行っているんですよねえ。嗚呼、どこでもいいから行きたい（切実……笑）。

と書いたところでもう四ページ目です。それではお礼のコーナー（笑）。

担当様、楽しいアイデアのてんこ盛り、ありがとうございました。クーデターものには、かなり触手が動いていたのですが……。今度書かせてくださいね〜。

イラストを書いてくださった櫻井しゅしゅしゅ先生。お忙しい中、ありがとうございました。前回の竜崎を見直しながら、うっとりとため息をついています。

手に取ってくださった読者の皆様、このお話はいかがでしたか？　あとがきから読んでおられる方は、どうかこのままレジへ連れて行ってやってくださいね。

ＨＰもあります。日記だけはなんとか更新していますので、お暇なときはぜひお立ち寄りください。アドレスは http://kaorukikaku.com/ です。

それではまた、どこかでお会いできますように。

橘かおる

任侠モノ、待っておりました!! ひそかに槙島さんLOVE♥な
櫻井です。竜崎さんと対等な雰囲気がいい……!です。
個人的には竜崎さんと槙島さんの出逢いとか読みたいです〜♡
橘先生!!
ちなみに⇩はその後の流さんと竜崎さんを
勝手に妄想してみました。笑
てか、流さんケーキとかつくんないだろー!!とか
自分で描いてツッコミ入れてみたり…
橘先生、勝手にスミマセン…!!!
櫻井しゅしゅしゅ
かみのけおろしたバージョン
すでに誰かわからない

KAIOHSHA ガッシュ文庫

極道で愛獣
（書き下ろし）

極道で愛獣
2008年2月10日初版第一刷発行

著　者■橘かおる
発行人■角谷　治
発行所■株式会社 海王社
〒102-8405
東京都千代田区一番町29-6
TEL.03(3222)5119(編集部)
TEL.03(3222)3744(出版営業部)
印　刷■図書印刷株式会社
ISBN978-4-87724-593-1

橘かおる先生・櫻井しゅしゅしゅ先生へのご感想・ファンレターは
〒102-8405 東京都千代田区一番町29-6
(株)海王社 ガッシュ文庫編集部気付でお送り下さい。

KAIOHSHA ガッシュ文庫

君の淫乱な姿をネット上に流されたくなくば、素直に感じろ――優秀な入国審査官として空港で働く聖也のライバルは、英国貴族の教育を受けた紳士ながら冷淡な態度の将和。しかしある夜、将和が実は内通者を探る潜入捜査官であることを知った聖也は、口封じのため将和に媚薬を使われ犯されてしまう――感じてたまるかと屈辱に抗いつつも、将和の傲慢な言葉責めと灼熱の楔に、聖也は甘く淫らに喘いだ。だが全てが終わると、打って変わって優しく身体を気遣う将和に聖也は戸惑い…。

ガッシュ文庫

小説原稿募集のおしらせ

ガッシュ文庫では、小説作家を募集しています。
プロ・アマ問わず、やる気のある方のエンターテインメント作品を
お待ちしております！

応募の決まり

[応募資格]

商業誌未発表のオリジナルボーイズラブ作品であれば制限はありません。
他社でデビューしている方でもOKです。

[枚数・書式]

40字×30行で30枚以上40枚以内。手書き・感熱紙は不可です。
原稿はすべて縦書きにして下さい。また本文の前に800字以内で、
作品の内容が最後まで分かるあらすじをつけて下さい。

[注意]

・原稿はクリップなどで右上を綴じ、各ページに通し番号を入れて下さい。
また、次の事項を1枚目に明記して下さい。

タイトル、総枚数、投稿日、ペンネーム、本名、住所、電話番号、職業・学校名、年齢、投稿・受賞歴（※商業誌で作品を発表した経験のある方は、その旨を書き添えて下さい）

・他社へ投稿されて、まだ評価の出ていない作品の応募（二重投稿）はお断りします。

・原稿は返却いたしませんので、必要な方はコピーをとって下さい。

・締め切りは特別に定めません。採用の方にのみ、3カ月以内に編集部から連絡を差し上げます。また、有望な方には担当がつき、デビューまでご指導いたします。

・原則として批評文はお送りいたしません。

・選考についての電話でのお問い合わせは受付できませんので、ご遠慮下さい。

※応募された方の個人情報は厳重に管理し、本企画遂行以外の目的に利用することはありません。

宛先

〒102−8405　東京都千代田区一番町29−6
株式会社 海王社　ガッシュ文庫編集部　小説募集係